大地上的声音

陈集益 著

浙江文艺出版社
Zhejiang Literature & Art Publishing House

图书在版编目（CIP）数据

大地上的声音 / 陈集益著. -- 杭州：浙江文艺出
版社，2024. 8. -- ISBN 978-7-5339-7676-7

Ⅰ. I247.7

中国国家版本馆CIP数据核字第2024CA8472号

责任编辑 邓东山
责任校对 许红梅
责任印制 吴春娟
封面设计 观止堂_未氓
营销编辑 詹雯婷
数字编辑 姜梦冉　诸婧琦

大地上的声音

陈集益　著

出版发行	浙江文艺出版社	
地　址	杭州市环城北路177号	
邮　编	310003	
电　话	0571-85176953（总编办）	
	0571-85152727（市场部）	
制　版	杭州天一图文制作有限公司	
印　刷	浙江海虹彩色印务有限公司	
开　本	787毫米×1092毫米　1/32	
字　数	143千字	
印　张	8.125	
插　页	5	
版　次	2024年8月第1版	
印　次	2024年8月第1次印刷	
书　号	ISBN 978-7-5339-7676-7	
定　价	59.80元	

自　序

在我老家有一种人，身价过亿，却经常在快餐店吃饭，坐在门口的小板凳上喝茶，偶尔也跟工人们一块干活，如果不是熟悉他的人，根本看不出这是个有钱人。假设命运没有安排我当一个作家，假设我也有创造财富的本事，一定会以这类人为榜样。我不以为这是装的。因为在浙江，很多人努力挣钱不是为了穿金戴银、住别墅、吃燕窝，仅仅因为他骨子里的聪明能干、勤劳、务实。回到写作的话题，我以为当一个作家最根本的是写出好作品，而不是获得作品以外的东西。问题就在于，作品的价值不像银行卡上的数字那么容易辨别，一个作家该怎样来判断自己的作品质量，价值几何呢？有很多平庸的作家，误以为自己是个天才，以至于招摇显摆。另有一些作家天分很高，后天勤奋，已经写出对得起这个时代的作品，也得到过很多荣誉，却不知道为什么每写出一部作品，仍要到处找评论家来肯定，在文坛权威面前低声下气，面对批评六神无主。我想，后一种作家完全没有必要那样缺乏信心。我就遇到过一个作家，二十年前就写得非常好了，远远超拔于他的同龄人，然而随着时间的推移，他却陷入了非要拿一个重量级文学奖来证明自己的怪圈。这个文学奖呢，也有点不太讲情面，明明颁给他绝不会丢份甚至是增值的，偏偏一次都不给他，导致他后来的写作失去了方向，竟然研究、模仿起那些还不如他的人的作品。所以有时候，一个作家对自己作品的判断是否准确，与一个姑娘相亲时对自身条件的评估一样重要。

我很庆幸，从一开始就不觉得自己是个写得很差的人（但愿这不是一厢情愿），写作的目的从一开始就不是要在文坛上混一个什么地位，这倒为我赢得了一个比较从容淡定的写作心态。关于为什么要写作，我在一篇文章中这样写道："它是与我们身处的这个时代联系在一起的，我一直想用文学的形式记录下这个时代和裹挟其中的人……忠实于我的记忆、在场的感受、个人的体验，我只负责记录我的那一部分。"我从没有忘记这个写作动机，这么多年按既定计划一步步推进。当然这期间，看到身边的同行们不断地拿奖，或写出畅销书，或当了什么协会主席，我也有重新审视自己写作的时候，但是对自己作品质量优劣的判断始终没有变。当然，我也有焦虑的时候。因为我是个业余时间写作者，工作和生活占用了生命的大部分时间，现在年纪大了，突然发现写作生命可能没有很多年了——我最担心的是，随着生命很快进入老年，在健康受损脑子变得糊涂之前，完不成我的创作计划；或者以后没有人愿意出版我业已完成的作品，那就只能走一步瞧一步了。

关于这个集子里的三篇小说，都是我最新完成的现实主义作品，基本代表了我的创作水平。我由衷期待读者会喜欢它。尤其那些有一定文化修养、人生阅历、文学鉴赏力，但是对当下文坛的作家排名之类不是那么清楚的读者，期待他们仅凭着自身的判断、积淀、喜好来阅读，而非带着先入为主的成见。我想听到他们在阅读过程中的感受和阅读后的意见。三篇小说中，我最欣慰的是，在《大地上的声音》中塑造了一个"威武不能屈"的盲人形象，他是小说主人公张难生的艺术启蒙老师，这位盲艺人为了拒绝演唱淫曲，他与乡镇地痞流氓斗智斗勇，不歇气地唱了一个通宵的道情，唱到吐血；当写到他去世后，无处落葬，尸身被江中的鱼群啃噬，我不禁伤心落泪。最后我想引用他的一句话作为结束："难生啊，唱道情的人再没有地位，也不唱那些被人逼迫着唱的曲。谴责邪恶、劝人为善、娱乐于心，一直是我们艺人的根。"是的，冥冥之中，盲艺人的灵魂在大地上游荡，我仿佛又听到他那时而激越、时而低回、时而清亮、时而嘶哑的嗓音，听到"那许许多多同样优秀的、至今回响在大地上的声音"。

目录

大地上的声音

在无边的旷野上，在凛冽的天宇下，闪闪地旋转升腾着的是雨的精魂……

——鲁迅《雪》

一

城市正在黑下来。乌云压在建筑物的顶上。如果在村里，人人都往家里赶，晒在门外的衣服、被褥、蔬菜种子、霉干菜什么的，都要收回屋里去。城里不一样，人们照样逛街、骑车、做买卖，仿佛即将到来的雨跟自己无关。然而，站在街角的绍飞心里焦急。绍飞是跟着舅舅一块进城的。虽然城里有的是避雨的地方，但他担心等雨下起来，他们还没有找到住宿的地方，那该怎么办？

他们进城是要寻找一个驼背，那是舅舅的朋友。多年以前，山乡人就听说此人走南闯北发了财，后来在城里站稳了脚跟。舅舅也是听别人说的，说驼背不再做"说戏先生"了，现在金华开一家录像厅。舅舅没有问清地址就带着绍飞出发了。舅舅说："绍飞你今年十八了吧，年轻人不能在家天天窝着，得出去练练胆！我带你去金华，怎么样？"绍飞去征求父亲意见，父亲说："去吧，家里只有这二十块钱，找不到工作就当去城里玩了一趟。"

从山乡到金华，先要步行二三十里山路，然后乘船渡出水库，下了大坝，接着坐汽车去汤溪。到了汤溪，再换汽车去金华。这一路绍飞吐得昏天黑地。到了金华，他虚脱一般。舅舅带他在汽车站附近吃了一碗拉面，其实他没怎么吃，剩下的面就被舅舅吃掉了。舅舅显得很满足，揩揩汗，带绍飞去了候车大厅，把几个装着被子衣物的蛇皮袋搁在绍飞脚边，他出去寻找驼背开的录像厅，等他回来，候车大厅里就剩下几个没地方过夜的人。

绍飞说："阿舅，找到了吗？"

舅舅说："附近都找了，没有，今晚我们要在车站过夜了。"

车站保安催着大家离开。舅舅带着绍飞来到候车大厅外的走廊上，找了个地方把草席铺开，在那里过了一夜。第二天一早，他们挑着蛇皮袋，看到一个录像厅就要去拍门，问："喂！你好！有没有一个驼背……"有的门开了，报以一声怒骂，有的屋里压根就没人。舅舅嘟囔几声，带绍飞来到婺江边上，在石凳子上补了一觉。等到十点以后，录像厅就都开门了，喇叭里传来打打杀杀的声音，有的海报上还印有女人半裸的身体。舅舅从一个录像厅出来，大声地骂："他妈的，该死的罗锅，不该是开夜总会、舞厅、大酒店了吧！"

不知不觉，他们从金华的西头走到东头，渐渐走出市中心，走到一个房子越来越陈旧、低矮，马路上跑着大货车的地方。他们又走了一会，再走下去，就要走到城市尽头了。这时，一阵尘土伴着狂风，雨突然下起来。他俩仿佛迎着枪林弹雨，往马路边的一条巷子冲去，在一个搭有雨棚的商店门口停下来。屋檐水就像一股股尿，飘飘忽忽落在地上，汇集成溪涧肆意流淌。绍飞又冷又饿，不敢问舅舅还要找多久。他有些后悔跟他出来。

等雨小了些，舅舅看了他两眼，指指前方道："绍飞，你去瞅一眼！再不是，我们就找个旅馆住下。"绍飞接令，向前跑去，先是看到一块"张难生录像厅"的招牌，接着就看到一只被雨淋湿的音箱，声音仿佛也被雨淋湿了，听不太清。绍飞根据招牌下面箭头的指示，拐了一个弯，在一条更窄的巷子，看到一扇门上挂着一块布帘，他小心地掀开，看到布帘的桌子后面，悬浮着一颗巨大的头颅。

张难生就是驼背的名字。他是井下村人。绍飞还是孩童的年纪，总看到他在舅舅家住宿。那时候，张难生是山乡的红人。因为整个山乡，只有他能请来戏班进山来演戏。那时候，分田到户还没几年，但是相比生产队时期，山里人的日子宽裕了，每到正月都想请戏班来演戏。如果能请来戏班，每家都要去邀请亲戚来看戏，这是让人脸上有光的事情。一般而言，哪个村先请来戏班子，请的是什么戏班子，是初六演还是二十六才演，演几天，看戏的人是多是少，都证明着一个村子的经济实力。

印象至深的是，有一年冬天农忙刚过，父亲坐在家里就着花生米喝老酒，一副心想事成的样子，舅舅带驼背上了门。他们是为明年正月请戏班来村里演戏凑份子钱的。父亲慷慨道："没问题，我出一担稻谷吧！加工成米换钱，或者留给戏班子做饭都行。"站在舅舅身边的驼背记下父亲的承诺，然后给父亲作了一个揖："谢谢姐夫啦！"那是绍飞第一次看到驼背，他身子那么小，头那么大，声音脆得像个小孩，但又长着胡子，这怪异的长相让他害怕，以至于不敢走出来跟舅舅说话。等舅舅带着驼背走后，母亲收了桌上的碗筷，埋怨道："树田就是不学好，整天跟着这怪物瞎跑！"

没想到十多年没见，驼背见到绍飞，还认得他。"这不就是你姐的孩子吗？"他表现得很热情，"当年有戏班看上你，想让你去学戏呢。幸好你没去。"驼背的个子和声音还像一个小孩，但是他已经开始衰老，没有生气的面色，就像蜡纸被揉皱附着在脸上。

"走，我带你们去吃点东西。"

一行三人来到巷子口，也就是挂录像厅招牌和音箱的地方，进了小饭馆。驼背说："你们要吃什么，炒菜还是快餐，跟老板说。"舅舅说："吃快餐吧，方便！"驼背说："炒两个菜吧。"在舅舅的坚持下，驼背给两人点了快餐，每人额外加了一块大排骨。付过钱，他就回去了，因为那边需要有人守着。

音箱里传来的是港台片的声音："大哥，饶了我吧！不要杀我！不要杀我！"

舅舅问："老板，音箱里一天到晚打打杀杀的，你烦不烦？"老板说："听习惯就好了，有点声音热闹。驼背还好啦，那什么，他不放黄的。不然可真受不了。"说完两人哈哈大笑起来。舅舅趁机问了一些驼背的情况，得到的回答是驼背来这里开录像厅三年了，录像厅的生意勉勉强强能养活他一个人。舅舅拿捏着尺寸，又问驼背有没有结婚、有没有买房。答案是单身，吃住在录像厅。舅舅似乎有些失望。

晚上，绍飞和舅舅就睡在录像厅的地板上。那是一间大约两百平方米的大通间。在入口处，驼背隔出一间小屋做售票、放映和生活起居之用。其他空间摆放着一排排折叠椅，最前面，左右两边各放着特制的柜子，里面各镶着一台大彩电。柜子上披着紫红的挂着流苏的绒布，让人想起舞台上的帷幕。绍飞和舅舅帮着打扫卫生，然后一人一张草席铺开，将家里带来的被子一半垫于身下、一半折在身上。绍飞困极了，这两天基本在路上走，却几次被舅舅的呼噜声吵醒。后来又有蚊子飞来咬他，他朝脸上拍巴掌，拍得睡意全无。

他想起许多年前，戏班来吴村，演员们在大会堂里也是打地铺。那时候，舅舅跟着驼背给戏班做临时后勤。舅舅愿意当跑腿的，是为了结识戏班里的姑娘们，他那时特别迷恋会演戏的姑娘们。为此他组织人去井下村甚至水库大坝运回戏箱，再找人买菜，找人做饭。舅舅家就成了戏班用餐的地方。演员们演完戏，有的连妆都不卸就过来了，那样子走在街上特别让人仰慕，仿佛是天上的仙人下了凡。再就是，他们演完夜场要吃夜宵，夜宵是要挑到大会堂去吃的，一般是包子、馒头、肉圆和紫菜鸡蛋汤。等都吃过，碗筷收走，演员们还要排练一会。这时候，就要把闲人都赶走，包括绍飞的舅舅。只有驼背，可以继续留在大会堂看排练，甚至睡在地铺上。

总之，这事让村里人又嫉妒又气愤，说，驼背半夜肯定会从男演员这边地铺溜走，跟姑娘们睡在一起。有人说，做梦吧，最多躲在暗处偷看姑娘们擦身洗澡。也有人说，他也就过过眼瘾罢了，因为他是个小太监。这时候，只有舅舅不说驼背坏话，因为他得巴结着驼背，不然想走到后台去跟姑娘们说一句俏皮话，机会都没有。

第二天一早，霞光万丈，在驼背指点下，舅舅带着绍飞去火车站附近找工作。驼背说，那里每天聚集着很多进城找活干的人，时不时地，会有老板骑摩托车去那里招工。于是两人从驼背所在的东关村，一前一后去往市区。早上的外环路上，南来北往的大货车卷起的尘土一会将他们湮没，一会又将他们刮到路边的垃圾堆上。他们昨天来的时候，眼睛只顾搜寻录像厅，并没觉得这么远。后来，舅舅看见公共汽车的路牌，就带着绍飞坐了公共汽车。虽然绍飞又要吐，但忍住了。舅舅说："城里人一看你就是乡下来的。"

火车站与汽车站离得并不远。找到了汽车站，接着沿车站路向前走，大概走了二十分钟，就听到了火车的汽笛声。那声音不用舅舅告诉他，他也知道是从火车头发出来的。但是火车站前前后后都是建筑物，站在火车站广场既看不到火车，也看不到火车头喷出来的蒸汽，只有双脚隐约感到大地的震颤。

"跟着我哪！这地方乱糟糟的，他妈的尽是车、人！"

绍飞紧紧跟上。这条街就像一根烟熏火燎的腊肠，颜色深，散发油腻与烟火的气味。绍飞跟着舅舅走到火车站对面的婺江边，果然站着一堆灰头土脸的人，他们有的面前摆着做泥瓦匠的工具，有的拿着挑东西的扁担，或站或蹲。这里无疑是一个自发形成的劳动力市场。舅舅已经跟几个人攀谈起来。舅舅讲的既不是汤溪话，也不是金华话，而是蹩脚的普通话。这样，就基本了解了这里的情况。来这里招工的，大多数是建筑工地的包工头，火车站货场上的领班，还有饭店老板、厨师长之类，像大型企业、国营单位是不会来这里招工的。

绍飞对这次进城要找什么工作，并没有什么打算，只是发现自己并不想跟这些人混在一起干苦力，也不想跟他们一样每当有老板模样的人出现就一哄而上，围上去报名、求老板。一是因为胆小，退缩，二是总觉得城市是比乡村高一级的地方，不应该是做苦力的地方。如果一定要说有什么想法，就是希望能找到一份跟种田有区别的工作，不用日晒雨淋，能学到一点本事。但是，那样的工作怎么可能落到自己身上呢。正这么想着，毫不示弱的舅舅已经从人堆挤出来，兴奋地喊："今个可以回去休息了，我要到了老板的一张名片，说是让我明天去报名。"

然后，蚂蚱一样一身轻的舅舅带着绍飞去了人民广场。那里是金华最热闹的地方，至少在当年是那样。舅舅说："还是城里好啊，你看，这来来往往的人，穿得多么光鲜体面！这百货商店，应有尽有！"又说："明天你跟着我去报名就行，他妈的！"

第二天，舅舅叫上绍飞，费了一些周折，找到一个哐当哐当响的工地。舅舅进去，跟里面的包工头谈好了条件，再把绍飞叫进去。他向老板介绍绍飞：亲外甥，初中毕业。工头上上下下打量一番，说这孩子就像刚脱壳的笋，怎么看都像一个书生，应该去学校复读，做学问。然后说："明天你一个人来，七点钟到，到了就干活，不来拉倒。"

回到驼背那里，夜深了。因为报名之后，舅舅又带绍飞在城里转了一天。舅舅对什么都感到新奇，玩过公园，又去青少年宫，末了回到人民广场，在几家大商场里看手表，看录音机，看磁带。那时候的商场，货品还都摆放在玻璃柜里，不会随便拿出来。舅舅就低着头，一个玻璃柜一个玻璃柜地看过去。有几次鼻子都碰到玻璃台面了，鼻子上的油腻就留了一部分在玻璃上，惹得售货员一脸不耐烦。

驼背问："吃过了吗，要不要下个挂面？"

舅舅说："吃过了吃过了。"

录像厅里看录像的人散了后，偌大的空间立刻显得冷寂，像个矿洞。舅舅在厕所那边洗完澡，就回来整理明天要带去的东西，只留了草席和被子没有塞进蛇皮袋。绍飞呢，一直帮着驼背收拾录像厅，等把摞到一堆的椅子复归原位，舅舅跟驼背说起明天就要去做工的事情。驼背说，好呀！好呀！然后问起工地的情况，多少钱一天。两人聊着聊着，舅舅突然停下来，说："难生，我明天一走，绍飞还暂时留在你这里。等我在那边落实了，再接他过去。"驼背说："我这里有的是住的地方，不瞒你说，前两年不少山里人来找我，就睡在这地方。我这里不要说睡一个人，睡一百个也睡得下。"舅舅支支吾吾，仿佛鼓足勇气才说出来："你……你这里，需要帮手吧，你一个人放录像……"

驼背说："是想让绍飞做我的帮手吧？"

舅舅说："你脑子就是转得快。"

驼背说："我当然需要帮手啦。我这三年除了早上可以出去，平时哪儿都去不了。但是，放录像这活不但学不到本领，还会耽误人。要不这样，绍飞一边在我这住着，一边出去找工作。找到了，就去工作。找不到，就帮我一下。"

舅舅说："这个想法好。不管工作能不能找到，都有个落脚的地方。"

驼背说："就是工资，我恐怕……"

舅舅说："这个好说，你这里给他住，再管他三顿饭就行。真给工资，他就不出去好好找了。"然后转过身，问绍飞："这样可行?"绍飞心里有点不乐意，舅舅不在这里，他跟驼背在一起会很别扭。毕竟，这是一个畸形人。

舅舅说："我明天是去给泥瓦匠打下手的，拌沙子水泥，说不定过几天就回来了。我不得不去挣几块零钱花花，就是一个过渡。等以后找到国营工厂去做合同工，我再带你去。"

这么说过，舅舅就睡了。在草席上发出很响的呼噜声。

二

次日，绍飞醒来的时候，舅舅已经走了。绍飞跟驼背一起吃过早饭，然后也出了门。驼背穿着西装，打着领带，一双皮鞋至少有四十码，走起路来很是精神。但是由于西装尺寸太大，下摆晃晃荡荡，很不协调，引得路人时不时瞄他一眼。这时绍飞就有些抬不起头来，仿佛那些人是在打量他。因为他穿的，是那个年代的农村青年都穿的夹克衫。说是夹克衫，又像中山装，只是口袋不外露，纽扣变成了拉链。鞋倒是回力鞋，但是穿旧了，脏兮兮的。其实这种鞋城里人很少穿了。

驼背说："阿飞啊，待会，你见到人叫声叔就行。他也是咱山乡的，水库外祝村的。"

走了一个小时，绍飞跟着驼背来到了一个到处是废品收购站的地方。一股酸馊的气味铺天漫地。绍飞看到小山一样堆积的塑料瓶、塑料桶后面，有几间石棉瓦盖的房子，一块白色木牌上写着"东方红塑料加工厂"。老板见到驼背很客气。但是提到让绍飞来当工人，为难地说："难生，咱都多年交情了，你也知道咱这是家庭作坊，就自己和几个亲戚在做。勉勉强强混个肚饱。"驼背说："你都回老家造了三层洋房了，我们都看见了的。"那人就嘿嘿笑起来，凑近驼背说："唉，做塑料，设备简陋，你进车间去闻闻……这小伙子，还在长身体。要不是熟人，那还好说。我平时都招外省的……"

驼背又带着绍飞去了一家饭店，名叫洋洋酒家，老板很客气地拒绝了。驼背感到很尴尬，只好带绍飞去了另一个人那里。那人不在。但是有个人说，是缺个人。驼背就问绍飞，这活你愿意干？绍飞说，来试试吧。接着，驼背就带着绍飞回来了。因为录像厅中午要放片子。

接下来几天，绍飞就在菜市场的活禽区杀鸡。

鸡是活物，杀鸡需要技巧。绍飞跟着一个汤溪老乡杀鸡，喊他麻叔。这人也是一个畸形人，虽然不驼背，但是身高不及绍飞的肩膀，市场里人叫他麻墩子。这人一脸僵肉，眼睛充血，整天不说话，杀鸡如麻。而且他杀鸡，从抓鸡、下刀到咽气，鸡一点声音都不发出来。这让人佩服又害怕，站在他身边做下手，总感觉压抑。

他对绍飞也没有好声气。

"把鸡头扳后面去，露出脖子，割断气管！用盆接血，血要流干净！"

"热水不能太烫，鸡皮不能跟着拔下来……"

"开膛？就鸡屁股上开一口子，掰开，伸手把内脏和肠子掏出来！"

他简单地教给绍飞这些，两天后，绍飞倒是学会了。麻墩子杀三只，绍飞杀一只。麻墩子的身上干干净净，绍飞的身上溅满了血。有一次，一只公鸡，也不知是生命力强，还是杀不得法，绍飞割断它的气管，将它扔进盛开水的塑料桶，它竟跳出来，淋着血到处跑，一边跑，一边从断开的气管里发出可怕的、吹哨子一般尖厉的声音。绍飞吓坏了，满场子追这只鸡，等提它回来，顾客已经走了，理由是吃这样的鸡作孽，还得去寺庙烧香。

下班时，麻墩子沉着脸，让绍飞把那只鸡带上。鸡是哐当一声甩给绍飞的。绍飞提着鸡回到驼背那里，路过干货铺买了点干蘑菇。鸡炖在煤球炉上咚咚地响，炖得很烂。吃鸡时驼背吃得很欢，说很久没有吃到这么鲜美的鸡汤了。绍飞却吃着吃着，也不知是想到鸡临死前的场景，还是别的，感觉那汤很苦，眼泪就掉了下来。

第二天，绍飞没有去活禽区。因为他觉得，麻墩子甩鸡给他那动作就像赶他走似的。他有些害怕看到那男人。再说，那又腥又臭的地方他也不喜欢待。所以路过菜市场，他没有走进去。他记得前几天舅舅带他在人民广场闲逛，在一排橱窗里挂有许多报纸，报纸中缝登有招工启事。这天他又来到了那地方，看到登报招工的单位是一个国营罐头厂。他记住那厂在什么路，去的时候兴致很高，到了厂门口又很紧张。门卫凶巴巴的，指指报名的办公室。报名以后，工作人员让他回去等通知，到时要参加统一的考试。绍飞留了张难生录像厅的地址。回到录像厅的时候，驼背第一次朝他发火。

"怎么不去杀鸡了？"驼背问。

"我，我嫌那里脏。"绍飞只能这么说。

"你不干应该跟我说一声，还以为你失踪了！"

绍飞没有吱声。

"你得跟人家说一声，这是基本礼貌。"

绍飞的眼泪就下来了。驼背的语气缓和些，说："杀鸡也是手艺，我当时想，以后你跟你舅舅也可以在菜市场租一摊位，还可以把咱山里的土鸡运出来卖。当然，这活可能真不适合你干。但不管怎么样，不跟他说，也得跟我说。"

绍飞想，为什么山里人一定要到城里来才会有出息？农村青年为什么就不能待在农村发展事业？绍飞突然想回到大山，想念父母，睡觉的时候还很难过。第二天早晨，绍飞见到驼背的第一眼没有叫一声"难生伯"，驼背对他倒是客气了。驼背又要带他去找工作，绍飞知道他不可能认识多么厉害的人，就说写给我一个地址吧，我自己去找。驼背就给他开了一个地址，又写了字条。说这人是他在剧团时认识的，叫丁先生。

绍飞按图索骥，在一个居民小区见到了这个人。没想到这次驼背介绍了一个真正的能人，那人留着很长的头发，戴一副面积非常大的黑框眼镜，一看就是土生土长的城里人，像艺术家。"张难生我知道的，戏痴一个，没想到几年不见，靠在郊区放录像为生了？——天妒英才呀！你简直难以想象，他的嗓子太好了，那么干净、圆润，唱腔清丽婉转，简直是一个天才！你听过他唱戏没？"

"没有。他从来不唱戏。"

"嗨，怎么不唱了呢！太可惜啦！真他妈这操蛋的城市啊！不瞒你说，我在这里也快混不下去了。我以前在剧团担任二胡演奏员，也搞民乐研究，喏，笛子、板胡、二胡、三弦、'敲三样'，我都学过。后来我组织了一个民乐队。可惜这几年过得一样不顺。唉，简直没办法待。我过几天就要去北京发展了，车票都订好了。你回去跟张难生说，等我在北京站稳脚跟，一定邀请他带着婺剧团去演出！"

绍飞虽然是第一次接触丁先生，但是感觉这人像舅舅一样爱说大话，什么天才呀，带团进京呀。再说驼背怎么会唱戏呢，在绍飞的印象里，他就是一个"说戏先生"，一个给戏班跑腿的——"说戏先生"的"说"，在汤溪方言里不是"讲"的意思，而是"游说"、推销——这个职业，就跟拿着黑色油纸伞、奔走在苍茫大地上的报丧人一样古老。

接着，绍飞又去人民广场看报纸中缝。什么招工信息都没有。他坐在广场的台阶上，看广场中心的绿草坪上一些人在踢足球，跑来跑去，跑去跑来。时间过得太慢了。他又走了几个地方，每个地方都仿佛在拒绝他靠近，因为没有一个地方能让他坐下来歇脚，或者给他一份工作。城市的街道就像大山里涨水时期的金塘河，只能在岸上看着它波涛汹涌。城市的热闹也像瀑布喧哗，盯着看久了就会觉得重复、单调。

绍飞回到驼背那里，想着怎么跟他说丁先生近日要离金的事情，发现舅舅正和驼背一起喝酒。绍飞害怕舅舅说他有工作不干、怕吃苦，正犹豫，舅舅喊道："来，坐着吧！"舅舅没有责怪他，甚至没有问工作的事，而是说："你也来听听你难生伯当年是怎么带戏班的。"

绍飞小心翼翼地坐在舅舅递过来的马扎上。

"我带这个团，到过不少地方，近的除去金华各县区，像咱省的缙云、仙居、青田、临海、建德、淳安、龙游、江山，远的像安徽的新安江一带，江西的玉山、上饶，都去过的。因为我带的团都是咱本地'戏窝子'出的——金华人把出戏班的地方叫'戏窝子'——一般是正月初三开始先在自己家门口演，一个村子一个村子，一个乡镇一个乡镇，越演越远，一年演下来不下五百场，演到腊月，这时不论身在何处，演员们都要回家过年，过完年，再重新一个村子一个村子往外地演。

"那几年电视还没有普及，听戏一般就着有线广播听几句，所以剧团去了很受欢迎。像咱山乡，我都是赶在正月没过完就带团去的。正月热闹呀，家家有好菜，来了亲戚不用怕。不过正月是节庆日，演出费按理说要加倍的，所以我每回带团进山演出费不加价，团里是有意见的，但是团长支持我。因为他知道有我在就常年有戏演，这比演几场歇几场好得多。一个剧团至少三十人，你想想，到了一个地方没人再接戏，你是走还是不走？这么多人吃住怎么办？这是很头疼的。

"我呢，是一个驼背，驼背也有驼背的好处。每到一个地方，总会有人注意我，尤其一些小屁孩就跟铁钉遇到磁铁，跟在后头，不论是嘲笑我还是骂我，我得先跟他们打交道，然后让他们带着我去找村干部。我把剧团的介绍信、剧照、演出许可证，该说的话，都掏出来。有的村集体富裕，当场就同意了；有的村集体穷，拿不出钱，只提供场地，这时小孩们就起作用了，他们会回家去磨家长，一些爱看戏的家长就会自发起来筹钱。这跟你当年带着我在村里挨家挨户去筹钱是一样的。"

驼背说到这儿，拿起酒杯抿了一口，再抬头看了一眼舅舅。

"还有呢？"舅舅说，"还是绍飞回来之前讲得好些。"

"之前讲过的，让我再讲一遍可真讲不来哩。"绍飞看到驼背一耸肩膀，第一次笑了，笑起来的样子跟哭一样难看，"再说了，好汉不提当年勇，我也是喝了点酒，跟自己人这么讲讲。嗨！过去的事，我越来越不爱提，我是断了再参与带团演出这条心的。"

"你应该跟晚辈们讲讲啊，你当年可真是风光无限呢！"

"大势所趋啊。现在你看看吧，不要说演古戏，就是这录像也没多少人看了。"

"这是你不放带颜色的录像的原因吧？"舅舅说完，鼻孔里哼一声，嘿嘿笑起来。

驼背抿了一口酒，沉默片刻，然后说——

"对比那时候，现在看戏的人越来越少。当然，待在农村的人也越来越少了。民间剧团没有政府拨款，开支要自己挣，怎么办？只好在一些乡镇集市自己搭舞台、帐篷，守在门口吆喝、卖票，就跟马戏团那般。这样也坚持了几年。但不管怎么说，那是我们这辈人最美好、最难忘的时光了。每到一个地方，我在后台看着下面的观众，他们仰着脸痴痴地盯着戏台，表情随台上人笑、随台上人怨，心里的快乐真没法说，那种成就感你们体会不到的……前段时间我还想，我前后带过几个团呢，算是赶上了一段好时候。虽然由于种种原因，有的团早早散了，像我带去咱乡演出的那个团，叫什么来着，野百合，已经不在了，但那时候红火着呢。这个团，演《狸猫换太子》《孙膑与庞涓》《三请梨花》《辕门斩子》，叫好叫座。正因这样，当年才在短时间里在金华乃至全省声名鹊起……现在想想挺可惜。

"那时候，谁都没有想到演古戏会变成今天这种状况。所以不管三九严冬、盛夏酷暑，生旦净末丑，训练都很拼。每天清晨，演员们都要早起喊声吊嗓，练绝活绝技。你们看过婺剧滩簧戏《断桥》吧？白素贞和小青是半人半蛇，因此她们在表演中要走'蛇步蛇行'，那台步轻捷细碎，犹如蛇游移时忽儿左忽儿右，优美舞姿犹如蛇行水面，飘飘欲仙。而小青追赶许仙时，则要表现出凶悍的样子，时不时来个'三窜头'，即把头突然蹿抖三下，好似水蛇要吞吃仇人一般……

"折子戏《活捉三郎》，说的是宋江一怒之下杀了藏匿'招文袋'的阎婆惜，她死后阴魂不散，夜里潜入相好张文远的书房，要他同赴阴曹地府。这张文远经不住诱惑，一次一次失守，最后被阎婆惜勒住脖子，吊得舌头吐出来，阎婆惜两手往上吊一次，张文远身子就缩一截。这是婺剧小花脸的看家戏，要表现一个人魂不附体的形态。这绝活叫'纸人功'：角色两脚尖点地，人如悬在半空，低头直臂，忽而摇摆，忽而左右移动，忽而三百六十度打转……

"嗨！那时演员认真敬业呀，很多戏要千锤百炼才演得好。《湘子渡妻》，说的是八仙之一的韩湘子到深山拜师学法，三年未归。一日，湘子下山，为试探其妻有否变心，变为丑僧。丑僧向林氏挑逗，右眼睁得很大，左眼缩得很小，甚至连乌珠也看不到。那眉飞色舞的神情，将贪色的心理表露无遗。就这小动作，得练多年……"

三

这以后，舅舅得空就过来跟驼背喝酒。两人喝到兴头上，又要提起戏班子那些事。什么剧团每到一地演《倒精忠》，台下人气得往台上扔甘蔗，演秦桧的演员到老乡家吃饭，被人夺了饭碗。演《僧尼会》，老太太笑得掉了假牙。演苦戏、讨饭戏，女演员在台上哭，观众在台下哭，年轻人往台上扔钱，五毛的，一块的，五块的，女演员一边捡钱，一边向台下鞠躬道谢。然后，女演员演到要从"油锅"里捞铜钱以证清白，观众怕她被"油锅"烫伤，大喊："好了，捞出来就行了，快扔掉，不用拿在手上！"戏演到盲人走圆场，走到戏台前端，观众又喊："不能往前了，要摔下来了……"观众入了戏，等剧团离去了，关于戏里的故事、演出的趣闻，在茶余饭后百谈不厌。

可绍飞还是不喜欢听这些。心想曾经再辉煌有什么用呢，现在不照样这么落魄，不论是剧团还是驼背自己。他觉得这跟吹牛没有什么区别。但是，听着听着，很多细节勾起了他幼年看戏的经历。那时候他小，不识几个字，听大人用方言说"婺剧"，总以为说的是"武剧"。因为相比越剧，婺剧的打斗戏要多得多。也不像越剧总是女扮男装。婺剧里男演员多，且特技表演多，如变脸、耍牙、滚灯、红拳、飞叉、耍珠等，格外生猛。所以每回看婺剧，绍飞总盼着唢呐吹起来，锣鼓敲起来，等到舞台侧面走出一个背插四面护背旗的武将，就有好戏看了。但是婺剧里的打斗从来不急，譬如在一本戏中，头插雉鸡翎的穆桂英和白天佐出场，要先来一番比刀，一方的武器压在另一方的武器上，另一方使劲要翻回来，经过你压我、我又翻过来压你的几个轮回，双方才开打。

更何况戏班来了，除了看戏本身，戏场外玩耍也有诸多乐趣。请戏班演戏，是那几年村里的头等大事。戏班要来的事定下来后，家家户户要提前给亲戚捎去口信，邀请正月初几到家来看戏。然后，还要多准备些吃的，除了大鱼大肉还要多备些零食，比如瓜子、花生、甘蔗、炸酥条、冬米糖，床铺也要多铺几铺，棉胎提前晾晒。正月里，当戏班来的时候，但凡能来的亲戚也都到了，家家欢声笑语，贵客满盈。

那些年的戏，都在大会堂里演。每场开演前，都要闹台。所谓闹台，就是每场演出前戏班的乐队要奏出各种锣鼓点，再插入大唢呐、小唢呐、笛子、胡琴主奏的吹打乐曲，提醒大家演出时辰即到。每每听到闹台声，妇女们就快快刷碗、换衣，小孩们则提前到大会堂看护自己家的长条凳，不让别人调换位置。只有家里的年长者照例喝茶，神闲气定。他们能根据闹台的节奏，分辨演出是不是即将开始，起身之时，往往还剩从家里到大会堂的走路时间。

那时候的大会堂，里里外外全是人。除了自己村的男女老少，还有附近村子赶来的，除了每家每户的亲戚，也有不少纯粹赶来凑热闹的，他们来了不看戏，要么在戏场里搅局，要么在戏场外吃喝赌博。小孩子们呢，总是里里外外地跑，听到武戏开打的声音，就冲进大会堂去看，等咿咿呀呀唱起就又跑出来，买馄饨、油条、棉花糖、油煎粿吃。他们吃吃这个，看看那个，这时父母不给买，总会有亲戚掏钱买。

"婺剧最吸引人的地方，就是文戏武做、武戏文做。所谓武戏文做，就是在武戏里不是卖暴烈狠打，而是卖法度气派，卖细腻典雅，不是一上来就冲阵、刀枪把子对打、翻跟斗，而是慢慢酝酿气氛，吸引观众慢慢入戏。所谓文戏武做，就是文戏里演到大爱大恨、大喜大悲，演员的表演照例开阖很大，比如《九件衣》中有一老生，受到震惊后来了个审扑虎，《海瑞罢官》中海瑞的单提跪，《断桥》中许仙的吊毛、飞跪、抢背、飞扑虎等跌扑功夫，其吃重程度均不下于武戏。

"婺剧由于长期流动于乡村民间，重做轻唱。以前说看婺剧叫看戏，看越剧叫听戏。传统婺剧是农民演、农民看，有些剧目甚至还从农民生活的角度来理解人物，表演夸张、互动性强。比如《九锡宫》中已官封九千岁的程咬金，在人们为他祝寿时，竟偷吃起枣子来。《三结义》中的刘备，被塑造成一个好吃白食、油嘴滑舌的二流子；兄弟三人结拜排序时，竟然采用爬树定大小，谁爬得高谁就是大哥；结果张飞最高，关羽其次，刘备最低，刘备不高兴了，强词夺理说'树从根脚起，水从源处流'，最终他当了大哥。

"过去，在田地里累了一年的中老年观众，一年里也就这个时候，有精力招待亲朋好友的到来，他们图的是情节曲折，通俗易懂，善恶因果终有报。年轻人呢？那年代，山里偶尔有电影队来放电影，都是在晚上放，放一场就走了。青年男女很少有像看戏这样的机会聚在一起。请戏班来，一般要演三天四夜，这个村演完了，相互能看上的男女自然会相约去下一个村接着看。再加上台上少不了才子佳人、郎才女貌的故事，那些来自附近村子的小伙子、大姑娘，就被撩拨得春心荡漾——嗨，你小子那年不也被一个姑娘迷住了吗？只不过迷住你的不是邻村的姑娘，也不是当红的花旦，偏偏是一个女武生。她叫什么来着？

"记得那年，你比现在的绍飞大不了几岁，一有机会就带着绍飞往后台钻，而且总说：'嗨，我这个外甥爱看姑娘，总跑来这里！'——你可别不承认，为了追那个女武生，在吴村演完后，你还跟着剧团跑了两三个月，你看武戏《斩吕布》不下二十遍吧！她可是当时婺剧界唯一的女武生，每次出场要在台上耍出四个枪花，全凭手上功夫……她每天早起练习飞脚、旋子、扫堂、台步、翻身。可你小子，好吃懒做，人家怎么会看上你？"

每回舅舅来，他们就没完没了地聊这些。绍飞有时候听进去了，有时候情况相反，因为绍飞对戏剧并不热爱。他想起童年时常被舅舅带到后台去，是很不情愿的。后台乱糟糟的，演员们从台上下来急着换装，后台多一个人都是障碍，哪还有心情跟社会闲杂说笑。而且女演员下来，换装时虽然用一块布帘拉起来，可绍飞感到难为情，害怕被人说这么小就想偷看。舅舅不害臊，他倒是害臊了。可是他不得不被舅舅当作道具，一次次推到姑娘中间去。就像现在，他们怎会知道他内心的想法呢。他心里乱糟糟的，工作没有着落，却还要装作认真听。

他不知道自己将来做什么工作好，或者说能胜任什么工作，能不能在城里待下来。经过这些天，他发现自己并不喜欢金华，不是不喜欢这里的高楼大厦，而是汤溪人在这里被歧视。虽然这两个地方相距不算远，但由于乡下和城里方言有别（所以不少条件好的婺剧团到汤溪演出，得用幻灯机把字幕打在舞台一侧），汤溪人竟被金华城里人叫作"汤溪蛤蟆"。其实汤溪人开口闭口来一句"蛤蟆"，是"哈么"的发音，"什么""怎么了"的意思。城里人却有意将"哈么"说成"蛤蟆"，以此大肆嘲笑。而汤溪人也一样瞧不上城里人说话软绵绵的腔调，以及男人的头发用摩丝梳成一缕一缕的样子，故意学他们用兰花指挤粉刺。

有一次，舅舅早上起来回工地，绍飞跟着走到巷子口。舅舅说:"阿飞,我跟难生伯说了的,你在这里住着就行。吃住不用你操心。"

绍飞说:"阿舅,我、我想回去了。"

舅舅吃惊道:"回去? 回去干什么?!"

"我在这里什么都干不了……"

"是不是难生伯对你不好了?"

"不是的。是我自己。我每天出去找工作,有的地方也干了几天。有一个工具厂,让我开冲床,每天开十五个小时,只管吃不给住,我来来回回跑,干了一个星期,差点切断手指。我去辞工,老板一分钱不给,还骂我'汤溪蛤蟆'犯贱,要打我。有一个公司专门做手工饰品,让我穿车挂、手链,也是没白没黑的。等两周试用期满,他们也是一分钱不给就赶我走。后来我发现,很多招工是骗人的,就想让外地人白干活不给钱。我去退中介费也不给退。"

"是职业介绍费吧? 它在哪儿?"

"就开在火车站附近的那条街上。"

"我带你去要回来!"

绍飞就跟着舅舅坐车去市区,到了那家刚开业不久的职业介绍所,对方拒不退钱,因为"工作是你自己干不下去的,跟我们屁关系"。舅舅认为这是用工单位跟职业介绍所勾结起来骗人,跟对方吵起来。后来钱没有退回，绍飞和舅舅都挨了打。舅舅也没办法，带绍飞吃了一碗拉面，然后让绍飞坐车先回驼背那儿。

绍飞去坐公交车的时候，舅舅从口袋掏出一沓零票。绍飞没有接。舅舅说："拿着！你再待最后一个月吧，实在不行再回去！来了这些天，就当是见一回世面吧。你看，你是不是对金华熟悉了？总会有机会的。"绍飞就把钱接过来了。他又去了人民广场，在报纸的中缝，看到有一家制造汽车配件的国营企业招工，有一家印刷厂招工，前者需高中文凭，后者需要城市户口，他都没有。他只好漫无目的地在一些街上走。

走是排解沮丧、压力的一种好办法，疲惫会让大脑停止运转，只剩下机械的步伐。他就走啊走啊，太阳西斜时，他已经走到回东关的大马路上。突然警醒，这一天又要过去了。这一天一无所获。此刻，绍飞又饥又渴，突然，眼皮剧烈地跳了几下。左眼跳财右眼跳灾，他分辨了一下，跳的正是右眼。他忐忑起来，唯恐有车随时撞上来。又想了很多父母生病或者遇到其他不测的事情。他向录像厅走去的时候，胸口像堵着一样，提不上气。

他听到一声怒吼："是谁出卖我？——你?!"

"豪哥，如果我出卖你，我怎么会跟你在一起呢？"

……

"我去自首！"

"自首？豪哥，你不能去，你不能去呀！"

　　回到张难生录像厅，里面一如既往地放着港台片。这时放的是《英雄本色》。绍飞很喜欢周润发主演的片子，已经前后看了他演的《秋天的童话》《龙虎风云》《喋血双雄》等。他以前对录像片有偏见，觉得打打杀杀没有什么意义，但是看了周润发演的几部黑帮片，有感于片子里那种快意恩仇的江湖义气、肝脑涂地的兄弟情，对港台片渐渐少了成见。绍飞进了录像厅找个空位置坐下来。里面没有多少人，昏昏沉沉的光线，浑浊的空气，吱吱啦啦的杂音，隐没其中的人就像两眼放光的鬼魂；有戴眼镜的亮着两镜片，显得很可怕。

　　"你想学就学得了吗？别以为多看两本黑手党的书就可以做老大……十二年前，十二年啦，我跟豪哥第一次带货去印尼，那边的老大请我们去夜总会……我说错了一句话，得罪了那个老大……我发誓以后再也不会让人用枪指着我的头。"这个片，绍飞发现也是之前看过的，可是再看下去，又被周润发、狄龙的表演，紧张的剧情迷住了。当看到昔日风光的小马哥遭遇背叛后瘸着一条腿在停车场洗车，被宋子豪遇见，说："小马，你写给我的信，不是这么说的。"绍飞就像第一次看一样瞬间泪奔。当看到小马哥右眼角贴着一块膏药，对宋子豪说："我不想一辈子被人踩在脚下……我忍了三年，就是想等一个机会，我要争一口气……"绍飞的眼眶又湿了。他也没有觉得这些台词有多么耐人寻味，但就是控制不住自己。

又看了一会，他不得不从录像厅走出来。

这时，恰好看到有几个人进了驼背整天待着的小隔间。

事情是突然发生的——就在绍飞向小隔间走去的同时，录像里传来的是一段阴阳怪气的音乐，小隔间里响起乒乒乓乓的声音。

"别动！钱呢？"

绍飞分不清这是录像里的声音，还是隔间里的声音，寒毛一下子直立起来。

就在前几天，有人因为要看黄色录像而不得，寻衅滋事，将驼背打了一顿。但是那次绍飞刚好不在。绍飞还没有跟陌生人打过架，但是眼见驼背被打，他顾不上危险，赶紧冲进了隔挡间。只见驼背已经被那些人反手扭住按在地上，他那两条细瘦的腿胡乱地踢蹬着。绍飞又怕又急，拿起平时用来推拉窗帘的一根木棍冲了上去。也就打了几下，有个人突然飞起一脚踹在绍飞的肚子上，绍飞哎哟一声把吃饭的折叠桌撂倒了，对方又顺势踹了他一脚，绍飞倒在地上，头即刻被那个人踩住了。

"你小子，不要瞎掺和！"那人朝他吐唾沫。他的脸贴在一摊菜汤上。

"豪哥，上船！"

"你先走吧！"

"不是说好一起走的吗？"

他听到录像厅里拥出很多人，都堵在门口看打架。那几个人把门嘭一声关上，然后把驼背和绍飞从地上提起来，掐住他们的下巴颏，按在了墙壁上。这次显然不同，那几个人并没有逼驼背去放黄色录像，而是说：

"我兄弟的事你到底管还是不管？他可是跟着你进山落下的病根！"

"管。要管的。"

"怎么管？好几个月没汇钱了！药早断了！"

"我这个月底都补上。"

"好，就信你这一次。否则会让你死得直挺挺的！"

这么说过，那几个人把驼背摔在地上，又是一顿拳打脚踢，就像对待一条狗，但驼背是不咬人的。然后，绍飞听到开门声，那些人走了他才挣扎着爬起来，张着嘴咳嗽，像一条要死的鱼。

四

驼背说——

他从小就很苦，出生之前，七个月大的时候，他爸因为说错了什么话被抓了去，在井下村大会堂挨批斗。他妈说，她挺个大肚子去为他申诉，结果听到大会堂里群众怒吼的声音吓得肚子疼得厉害，一疼就疼了七天。肚子疼，邻里以为要早生，然而情况相反，肚子疼过，胎儿却没了动静。他妈一面要照顾被打伤的他爸，一面又等着孩子出生，没想到预产期过了，肚子始终像石头硬邦邦的！她就偷偷求助仙姑，仙姑关起门，点了一炷香，念念有词，突然将香火摁在石头一样硬的肚子上，那肚子被香火烫出一股白气，然后突然像泄气的皮球那样松弛下来，第二天他就生出来了。可能在妈妈肚里蜷缩的时间比别人多半个月，他出生时骨骼畸形。他妈怀疑他是吓得不敢动、不敢出来，才导致这样。

他妈仍然把他当宝贝，他爸却差一点把他扔进深山。

他从小没有伙伴，瘦得皮包骨，弓着背，模样古怪，村里孩子都叫他"老妖怪"。一方面，他们见到他就吓得跑，嘴里喊着"老妖怪来了老妖怪来了"；另一方面，又欺负他，对他的仇恨仿佛与生俱来。他常常被人打得鼻青脸肿，不得不一个人玩，躲在山上听小鸟唱歌。

他说，他小时候耳朵特别灵，能分辨上百种虫鸣、数十种鸟鸣，所以，他学虫鸣、鸟鸣、野兽叫，学得很像。以至于有一次，一个瘸脚的猎人分不清真假，循着声音开枪，差一点打死了他。那时候，村里也有演出，一般是样板戏的大会演。他特别爱看。台上唱《红灯记》，他在台下学《红灯记》，台上唱《白毛女》，他在台下学《白毛女》。学什么像什么，整段整段的唱词听一遍就能记下来。他唱喜儿大年夜等爹回来，把很多人唱哭了，他妈妈也哭了。妈妈说："难生啊，我知道你心里苦，你是一个驼背，没人疼没人爱，但是，再苦也不要整天跟着唱这苦调调，你要把妈的肠子唱断了啊！"

从那以后，驼背就不敢整天跟着唱，怕妈妈伤心。再说，一个驼背整天嘴里哼哼什么，比任何人都显得不务正业。正常人的未来是光明的，在生产队里偷懒也没什么，驼背的未来谁也不敢保证会怎样，所以必须表现得比其他人更勤快、更听话，这样才能让别人喜欢，将来不会死得很惨。而且他家非常穷，他爸自从那年被批斗后一病不起，在驼背三岁那年就离世了，他上面还有三个哥哥，都没有成年。家里日子过得艰难，常常吃不饱饭。他十一岁那年，就跟人出来谋生了。跟的是一个弹棉花的人。

那时候，虽然抓投机倒把，但是做木工的、造房砌灶的、打铁的、弹棉花的、裁布做衣的，等等等等，不属此列。弹棉花是苦手艺，一般是旧棉胎加新棉花，一床旧被弹成两床新被。弹棉工具像大木弓，用牛筋为弦，还有木槌、铲头、磨盘等。弹时，用木槌击弦，随着一声声弦响，棉花一片片飞起又落下。大木弓发出来的音，嘭、嘭、嘭，听起来很有韵味，以至于驼背被这声音吸引，听得魔怔了。弹棉花的师傅说，你这小罗锅这么爱听弦音，要不跟着我去弹棉花吧。他妈妈高兴坏了，学成一门手艺将来才有一碗饭吃啊！就将驼背交给了他。但是驼背个子太小，背不了大木弓，只能帮着师傅撕撕旧棉胎，剥剥棉籽，配合师傅拉纱布网，然后站在一个盾牌一样的磨盘上，用身体扭动这个工具，网在棉絮上的纱线就会和棉胎糅在一起。

驼背跟着师傅主要在平原上弹棉花。平原上的旱地、沙地适合种棉花。而且平原人睡觉大多是棕绷床，睡觉时上面盖一床棉被，下面还要垫一床被褥，这事让驼背感到非常吃惊。那时候在山区，所有人都睡在拿稻草垫底的硬板床上，山区种不出棉花，也没有人会做棕绷床呀，那样子的床让他痛苦不堪。他就下决心无论如何要走出大山，留在平原上。这样，到了十四岁，不知那年发生了什么事，平原上所有的地都必须种粮食或者甘蔗，供销社也没有了棉花供应。师傅回了老家，驼背只好跟了一个瞎子。

那时候瞎子算命属于迷信活动，所以到了一个地方，瞎子主要以唱道情换取食宿，算命只偷偷给人算。唱道情属于曲艺。但是据说它最早是为了宣传教理教义，用渔鼓和简板伴奏，为道教服务的。只是到了驼背跟瞎子学唱时，唱的都是下里巴人能听懂的民间故事了。他们一到，就有人你凑几分、我出一角，交给瞎子，一屋子人围着听。瞎子的唱腔苍凉、洪亮、悠远，唱长篇故事，一唱就是几个晚上，听得大伙一会儿哭一会儿笑，第二天到生产队上工，个个无心干活，盼天早点黑下来。黑下来，就可以接着听道情。

"嗯。对的。我就是在那时候练出了嗓子。你想啊，没有话筒扩音器，多的时候也有两三百人听，要让每个人听得清，听得入迷，不练就一副好嗓子压不住阵哪。再加上我也喜欢唱，有心力，干劲足，师傅又愿意教，我不仅记住了二百多首曲目，一个人能唱几个角，而且也能一连唱几个晚上。当然，很多内容现在忘得差不多了，只记得一些曲名，什么《悔亲记》《双珠花》《皇凉伞》《阴阳堂》《双狮子》《金凤冠》，都靠死记硬背下来的。刚开始师傅唱得多，偶尔让我接几段，后来就主要由我唱，他在一旁给我伴奏、说表。那真是两个人一台戏，一只渔鼓两块简板就是一个戏台。我们唱出了名，走到哪儿唱到哪儿，唱到哪儿火到哪儿。记得有的人家正做饭，听到渔鼓拍得嘭嘭响，就跑来听，饭在锅里烧焦了也要挤在人堆里听完再回去。都说，听样板戏耳朵都听出茧来了，你们唱的才有意思嘛！

"唱道情不像后来带剧团，那么多人那么多戏箱。剧团从一个地方到另一个地方，如果不通公路，转运戏箱全靠各村劳动力轮流抬，很是麻烦。唱道情呢，没什么道具，就我和师傅，一人背算命箱，里面装着算命用的纸牌和古籍，一人背渔鼓和简板。渔鼓是用一根长约一米的竹筒把竹节掏穿，在其一端蒙上猪的护心油皮做成的，背在身后，想上哪儿就上哪儿。

"'难生啊，你看看人家门口，有梅花开了吧?'

"'开了呢，师傅，油菜花也快开了。'

"'好啊，我就爱春暖花开的季节。今个，一勿唱《龙凤阁》《春秋亭》，二勿唱《杨宗保和穆桂英》，阿侬先来一段《四季歌》，正是：立春梅花分外艳，雨水红杏花开鲜。惊蛰竹笋闻雷报，春分蝴蝶舞花间。清明风筝放断线，谷雨嫩茶白毛尖。立夏桑籽像樱桃，小满养蚕又种田……'——师傅唱道情不光为了赚钱,更是真心喜欢。他一边走一边取下渔鼓,又唱《十二月花名谣》:正月梅花扑鼻香,二月兰花盆里装。三月桃花十里红,四月蔷薇出了墙。五月石榴红似火,六月荷花开池塘……

"想想那时候吧,我和师傅相依为命,我用一根细竹子牵着他,师徒二人走在乡间小路上,心里很温暖。但是那时候,我听到师傅这样唱,心里酸酸的,想哭。他什么都看不见,可是唱出来的,比我看见了的还明白透亮。加上师傅唱这些时,四野空旷,他扯着嗓子,调子非常接近咱汤溪的哭嫁歌,让人温暖又伤感。

"就这样,他教我唱道情,我给他领路,我们走村串乡,活了下来。可是天有不测风云。有一年,我和师傅应邀去罗埠镇老街上一家老茶馆唱道情,听的人非常多,据说外面堵了半条街。我和师傅在里面唱啊唱啊,唱到猪油皮拍得发烫,简板不再响亮,唱到天黑了,夜风吹来了,人还里一层外一层的。师傅发现不对劲,就放下手中的渔鼓出去一探究竟,等他再从后门摸着回来,我就看到他整个人在哆嗦。我因为正唱着《双玉球》,也不好停下来问他怎么回事。等我唱完,这时师傅本要帮我说表一番的,得让大伙的情绪放松放松,不料,师傅省略了这个过程,直接唱起了《万花楼》,嘭、嘭嘭、嘭嘭嘭，一刻不停歇，就连中间歇气喝水的间隙都不留。

"这样唱了一两个小时，茶馆里的人渐渐疏朗，夜风变得硬起来，就剩七八个彪形大汉，形同凶神恶煞，一个个阴沉着脸眼露刀光，死死盯住师傅，蠢蠢欲动。我一看这阵势终于明白怎么回事，我们肯定得罪这些人了。这时就看谁能熬到天亮了。我就等着师傅停下来喘口气的当口，立刻接过他的唱词接着唱下去，一直唱到天亮。但是师傅是瞎子，他看不到我心急，我也没法给他示意，更何况那几个人也盯住我呢。所以师傅压根没有停下来让我接着他唱的意思，他只管唱下去，犹如天河之水滚滚，越唱声腔越高亢、唱词越流利。也不知道唱到几点钟了，夜越来越深，我打起了瞌睡，等梦到什么我猛一睁眼，发现那几个人已经走了，而师傅还在唱着。我赶紧提醒师傅，好了，现在好了。他听见了，但是情绪还在唱词里，又唱了一小会才停下来。

"我说：'师傅，他们走了，你可以歇歇了！'

"师傅停下来，两手反而发起抖来了。师傅说：'难生，你记住，以后不管谁来逼你，不管对方是当官的，还是做流氓的，做买卖的，你都不要给他们唱淫曲。这个镇自古出流氓，我们也犯了错误了，不该进老茶馆卖唱。新中国成立前，老茶馆有唱淫曲的根，我们刚一坐下，外面就疯传我们要唱淫曲，搞得半个镇的人都跑来听了。要是我们真唱了，就得被革委会抓起来，要是不唱，就该得罪这里的几个地痞流氓。我只好一口气唱下去，半秒钟都不停，不给人留余地。'说着，师傅咳嗽起来，咳嗽着咳嗽着，突然一只手捂住胸口，好像有什么东西涌上喉咙又被他咽了下去。现在，再回过头去想那时的场景，有时候，我会想着想着流下眼泪。

"师傅说：'现在是新社会了，我不会教你唱那些玩意。道情里有精华有糟粕。难生啊，唱道情的人再没有地位，也不唱那些被人逼迫着唱的曲。谴责邪恶、劝人为善、娱乐于心，一直是我们艺人的根。更何况，我们唱了这一回，就会有下一回，就会没完没了地被人逼着唱，这要到处传起来，我们走哪儿都抬不起头来！'我握住师傅的手，他的手渐渐不抖了。又过了一会，看管茶馆的老头来了，天也快亮了。后来，师傅的嗓子就哑掉了，那晚上把他的身子唱坏了，老吐血。再后来，眼见着师傅一天天瘦下去。有天我们过一座桥，他一脚踩空掉了下去，我把他从河里捞上来，他昏迷不醒。我想背着他去救治，可是背不动。我就去找人用板车来推。路上，师傅醒来一次，他紧紧抓住我的手，叮嘱我一定要把他教给我的所有曲目都记住，并且传下去，然后就闭上了眼睛。

"那个帮我推板车的年轻人一看人死了，就扔了板车跑掉了。师傅死了，就剩下我一个人了。我真是比死了亲爹还难过。我推着板车给他找坟地。可是，天下之大，哪里有一寸属于他的土地呢。师傅四海为家，也没听他说具体是哪儿人，我就推着他，走了几个村庄，可哪儿都不让埋。最后，有好心人告诉我，衢江的江心有一块沙洲，不属于这附近任何一个村集体，你可以去。我就去找那块没有归属的地。那块地被江水包围着，江面很宽。我把师傅捆绑在板车上。我下了水，水非常凉，而且急。我用身子顶着板车游不了几米，人和板车就被水流冲得往下游漂去，试了几次，我不得不退回岸上，将板车推到离沙洲三里地的上游，再一边往下游漂，一边往江心游，这样才能在到达沙洲之前，我和师傅提前游到江中心……

"可是我没有想到，江中的鱼群闻到了尸臭，那么多鱼，难以计数，也不知怎么冒出来的！它们围在半沉半浮的板车周围拥来拥去……刚开始是成群的树叶那么大的鱼，后来是几两、半斤的，这些鱼咬师傅也咬我，我顾不上驱赶，奋力往江心游。再接着就出现了几斤重的大鱼，甚至十多斤重的，它们蹿来蹿去，溅得水花噼啪作响。大鱼竟然把板车翻了个身！我那可怜的师傅啊，就一下子被这些鱼撕扯起来！我在水里张牙舞爪，哭叫，吓得松开了板车，板车被鱼群裹挟而去，我眼睁睁地看着鱼群不断地掀起水花，板车和师傅越漂越远。等我游到沙洲，我只找到板车的几块板子和捆在板子上的还没有散架的骨架——都搁浅在沙洲上。我把它们捡起来葬在沙洲上，用石头给师傅垒了一个墓。我跪在墓前哭啊哭，等天黑了我才游过衢江回到附近的村子，这里的人都说河里早就没有那么大的鱼了。我也没有心思跟他们争辩，在一户好心人家住了七天，每天都去江边，朝沙洲跪着为师傅烧纸，唱丧歌……

"后来，我就接过师傅的衣钵，开始了靠唱道情为生的日子。"

"我从师傅那里没有学到的，除了淫曲，还有就是算命。师傅没有教过我这些，也没有跟我说我的命怎么样。可能算出我的命很苦，他不忍心告诉我。也可能算命通天机，只允许盲人从事，就像仙姑不是谁都能当的。他只跟我说过，我小时候拖延半个月才出生，闯过了这么大的关口，就等于是二世人。二世人按理说能想起前生的事的，可我什么都不记得。我只记得在肚里时，我能清晰地听到外面的呼吼声，非常可怕！可是那个年代，哪个胎儿听不见这些呢，有的只是一生下来就忘了而已。我其实很想让师傅给我算一命的，有时候遇到过不去的坎，我就特别想念他。

"想要是师傅还活着该多好，让他帮我算一算。

"现在，每年到了师傅的忌日，我还会去那条江边唱丧歌、唱道情，唱上三天三夜，我唱的时候，就会想到我和师傅在一起的日子，他待我比亲爹还亲。我就'师傅师傅'地哭啊。江面上偶尔会有一条鱼扑通一声蹦出来，我就想，一定是师傅听见了，知道我还没有忘记他。可师傅哪里知道，我其实没有接着唱道情，更没能传下去。不是我不想唱啊，而是再也没有人听了。那时，生产队解散了，老百姓的日子好过了，我却跟讨饭的差不多。有人筹钱让我唱，目的也是让我去唱淫词艳曲之类，我说我不会唱，他们就加倍讨厌我，不许我在他们的地盘住下。慢慢地，我的生活越来越艰难。刚开始，我以为是电影队放《庐山恋》《珊瑚岛上的死光》《神秘的大佛》《杜十娘》《少林寺》，把农村人的胃口吊起来了。后来我在一个村子里，把渔鼓拍得嘭嘭响，又是没几个人听，一问才知道大人小孩都去邻村看戏去了。我干脆跟着大呼小叫的人们去看戏。这可不得了。我这一看就停不下来。

"我有时候怀疑我的前世是个演戏的。也正因为这样，当初学道情一学就会。或者也可能，我因为有过学唱道情的经历，听起戏来才感觉那么熟悉，戏里的故事跟道情大多有暗合，那些唱词好像我都唱过似的。这样，我就再也没有心思唱道情了。锣鼓一响脚底就痒，我就跟着戏班听戏。可我不唱道情吃什么？我有一次两天两夜没进过一粒米。实在不行，就找出师傅的算命箱子，在戏场外面给人算命。那算命箱子里有一本称骨书，是最容易学的，它把人的命分为五十一种，竟然被我慢慢看懂、记住了。我就照本宣科，比如某人出生在某年某月初一子时，按照称骨书推断，总骨重是三两九钱，那么这命是这样：'此命终身运不通，劳劳作事尽皆空。苦心竭力成家计，到得那时在梦中。'

"像这种苦命，算出来我都不敢说的。我得看看对方的言谈举止，来确定他这人符合什么命的样子，随机调整。其中用得最多的命是这种：'平生衣禄是绵长，件件心中自主张。前面风霜多受过，后来必定享安康。'这个命，大家都能接受。

"这样，我就混了口饭吃，哪里有演戏就跟着去哪里……"

五

驼背被人打伤那天，是绍飞把他背到医院的。驼背被医生用石膏固定又绑起纱布的样子，就像一具复活的木乃伊。好在他的脑子没有被打坏，思路清晰。驼背很多亲身经历，都是在住院期间，陆陆续续说给绍飞听的。每天上午十点至晚上十二点，是绍飞回录像厅放录像的时间，除此之外的时间他都在医院里陪着驼背。驼背躺在走廊尽头的楼梯下面，他的讲述像蜜蜂的嗡嗡声，不但不影响其他人，相反，躺在走廊里的其他病人都盼着他能继续讲下去。但是驼背只有等到绍飞来陪他时才讲。

刚开始，绍飞并没有被驼背的讲述吸引，在人来人往的医院，尤其是驼背躺着的地方，很难让他集中精力去听他絮絮叨叨的讲述，但是自从听了他怎样把死去的师傅送到江心的沙洲去安葬，绍飞就被他的经历所打动，脑海里老是浮现成千上万条饥饿的鱼蚕食瞎子师傅尸体的画面，以及驼背在水中扑腾着驱赶鱼群的努力。在绍飞看来，驼背就是那个"此命终身运不通"之人。这条三两九钱的命，很可能说的是他自己吧。

可是在绍飞的整个童年，驼背是山乡人眼中的能人哪。他带着戏班来山乡演出的那些年月，多么让人敬仰！谁能想到他现在竟落得"劳劳作事尽皆空"的地步，可怜巴巴地躺在医院病房外的临时床位上呢？他除了拥有那些坎坷的经历，什么都没有。他已经讲完了他的童年、少年，现在绍飞很想知道，他在青年以后是怎么混进戏班成了"说戏先生"的，相信其中有许多值得说道的事情。不料那天刚要开讲，舅舅得知驼背被人打伤，跑来医院看望，这一节驼背就没怎么讲，或者讲得比较潦草。只记得舅舅帮驼背垫付了一部分医药费，驼背知道后，呜呜地哭了，说："树田，这次幸亏有绍飞在，不然我非被打死不可。也谢谢你帮我垫付医药费，我出院后第一个还你。"舅舅说："哪里话，你先紧着要紧的还。"驼背又说："幸亏有你们。"舅舅说："我们也幸亏有你，不然连到金华玩一天都没有地方住的。"

他们这么说着说着，驼背的两眼又汩汩地往外冒泪："树田，这段时间，真是我最困难的时候。见到我成了现在这样子，你们不要见怪。要是早几年，情况要好得多。这次你们来了，我都没有帮上你们。"

舅舅紧了紧握着驼背的手，没有说话。

驼背继续道："知我者谓我心忧，不知我者谓我何求？弃我去者昨日之日不可留，乱我心者今日之日多烦忧！"

舅舅哪听得懂这个，傻愣愣地看着驼背。

"繁华落尽，一切终将归于平淡，凡事无论好坏，都是我自找。"驼背喟叹一声，"树田，你可知道最初……我是怎么倒霉的吗？"

"不会是因为女人吧？"舅舅问。

"是，也可以说不是。我要不是栽了那一跟头，就不会欠下那么多债。唉，这人哪，活着就像爬山，有上坡就有下坡，有下坡就有上坡。我是带剧团去遂昌的深山里演出时栽了那一跟头的。"

"遂昌？那边深山老林里，听说现在还有野人呢。"

"嗨！那年我也是无路可走，才……"

"你最后一次带班子去吴村，有八九年了吧，甚至十年了。"

"是啊，那时候我们山乡很少有人来找我带剧团进山演戏了。大家看戏的新鲜劲过去了。最后一次去，都没有人招待我们吃饭了。你不也知道吗，都筹不上来演出费了。"

"嗨，别提了，那次你来，真是，我、我……"

"就这么回事啊，那年月剧团红得快，衰得也快。社会变化太快了，老百姓的兴趣也跟着变。家家买了电视机，一根根天线竖在屋顶，一走到村口密密麻麻，看上去像一团一团蜘蛛网。当然，最主要的是那些年剧团办得太多了，婺剧团、越剧团、徽剧团，相互压价。演出成本低，很多名角就留不住，有的找到靠国家养着的专业剧团去了，有的改了行，有的到了艺术学校教书，总之大部分不演戏了，演出质量就好不到哪里去。我带的剧团也面临解散，我心有不甘啊。我跟团长说，我有办法让演员们常年有戏演。团长说，难生啊，大势已去，剧团现在逢年过节连瓜子都没有发你们一颗当福利，我连家里的老本都拿来发工资了。我跟团长大略谈了一下我的计划。团长说，要不这样吧，这个班子承包给你，不收你的承包费，我只要你带着班子出去，保证演员的人身安全和工资发放，多挣归你，怎么样？

"我答应下来。我想到了当年和师傅唱道情时走过的路，何不来一个'深山包围平原'呢。我们到过龙游的马戊岭、遂昌的野苍岭、金华这边的鸡公岭等，一天走三四十里山路是常事。大山深处，有的比我们山乡还落后呢，有的村没有通电就谈不上买电视机，没有电视机就会稀罕演戏。我就带着那个剧团，不断地往深山里演。嗨！还真有了当初回山乡演出时的感觉，剧团每到一个村子就轰动一个村子。深山里人都说第一次看戏，有的甚至第一次看见电灯……"

"嗯。发生事情的地方，我也是第一次去，叫云落。剧团那么多箱子、道具，搬上山非常麻烦。最重的是发电机，一百四十来斤，没有它，到一些地方演出就没法进行。当然，古代不也没电吗？那是两回事啊。我们的演员在舞台灯光下演惯了，再挂煤油灯就没法演。而且这亮堂堂的舞台，对山里人来说是多大的吸引！毫不夸张地说，在没有电灯的地方出现聚光灯、泛光灯和幻灯，制造出必要的灯光和音响效果，那就像看到天上的琼楼玉宇一样。可是，要带上这些设备翻山越岭、过河跨涧，实在不是一件轻松的事。好在戏箱和发电机，就像当年剧团到山乡演戏一般，都由接戏的村子自己派人来抬。

"到了那个村子才知道糟了。云落村没有大会堂，供我们演出的是一栋老祠堂。好阴森！大会堂你知道的，都是以前政治运动时期造起来的，破过'四旧'，不存在迷信这一说。老祠堂就不一样了，一边供着列祖列宗的牌位，一边是供我们演出的戏台。我们吃住都在祠堂。祠堂的阁楼上，从戏台后面一道楼梯走上去，还摆着几口棺材。几个女演员看到这样，吓得不轻，说能不能把棺材抬走。我去与人商量，对方说棺材不能抬走，棺材是空的，为六十岁以后的老人打着备用的。我又问，这戏台以前演过戏没有？那人说问过村中老者，答复没有。

"按照剧团演出规矩，在没有演过戏的戏台上第一次演戏，在正式演出前要演一场傩戏，叫'开台'。为何要开台呢？一是祭台神，二是祛邪恶，三是讨吉利。其仪式流程归纳起来是这样：先在台上摆好香案，由演员扮演的祭司点燃，再打起小锣念读祭文，交代何时何地何人造了一个戏台，请某年某月某日出生的人回避，然后就开始又唱又跳，用公鸡血祭戏台；祭台完毕，再烧祭文上告神灵，请关公带人前来镇台；正说着，天地杀、五鬼就奔出来闹台，这时关公及时赶到，手下大将紧随其后，他们在台上与天地杀、五鬼哐当哐当打几个回合，直到关公使出撒手锏，即点燃一串鞭炮扔戏台上将他们赶下台。小鬼下台后，马上开始演'踏八仙'，意在请八仙下凡造福民间，以祈地方平安，然后便是'跳魁星''跳加官''跳财神'……

"以上说的是第一个晚上本该正常演出的次序。可是那一天，出现了百年一遇的煞星，我也只能这么说，因为接下来发生的事太惨烈了。而这一切，皆因爬了一天山大伙很累，时间又急，演出时三心二意，没有敬畏心。按规矩，开台前一天，全体演员要沐浴、忌荤忌酒、戒男女之事。可是这个班子在团长交给我之前，是由几个要倒闭的班子合并而成的，人心不齐。上山前一天有人喝酒吃肉不洗澡，还有一对男女，不是夫妇却胜似夫妇，每晚偷偷睡在一起。我心想，在这山旮旯开台也就走个过场吧，过完场拉倒。结果，先是演祭司的没能把公鸡一口咬死——剧团规矩：任何时候真刀是不能带上台的——那鸡淋着血飞起来，飞到观众头上……鸡淋着血到处跑！（这场景，让绍飞不由得想到他在菜市场学杀鸡的遭遇。)

"这下真是糟糕！香火已经燃过，祠堂里阴魂不散的鬼魂已经被惊动了，可是我们扮演的祭司却压不住阵脚。这个蠢货，我就不该让他上台的！又加上其他演员大多没有演过傩戏，白天嘻嘻哈哈的也没彩排，这下更是乱了套没了章法。我在后台看着天地杀、五鬼奔出来闹台的时候，怎么感觉台上多了两个同样穿麻衣戏服的鬼呢！我擦擦眼睛，再看好像又不见了。我怀疑是我产生了幻觉。可是奇怪，由演员扮演的那两个鬼被关公放鞭炮赶下台后，我明明看见他们在外面卸完装脱了麻衣回到后台了的，等演到跳魁星的时候，台上又冒出来两个穿麻衣的鬼，跟在魁星后面学走矮子步！他们显然不是由剧团演员假扮的！幸好这时候，扮演魁星的小花脸是个老演员，他戴着嘴巴会动、眼睛能转的头壳面具，左手捧斗，右手执笔，突然就停止一边后退、一边往空气中写字的动作，猛一转身，往那两个鬼的脸上各打了一个×，那两个鬼就像被烙铁烙中，一阵上蹿下跳，一眨眼就不见了。

"再接着跳加官，跳财神，再没有出岔子。尽管这样，我一颗心就一直提着。等整个开台戏完了，我赶紧去问演魁星的老演员，中间转身打那两个×是怎么回事，你看见啥了？他说这是跳魁星的规定动作，跟师傅学的。我大大舒了一口气，幸好那两个鬼被他在无意中赶跑了。但是我终究不放心。那晚演完正本后，照例的，女演员在戏台上铺地铺、拉上帷幕睡，男同志在戏台下打地铺睡地上。我就挤在男演员们中间睡。半夜，我听到了哭声，以为是那对男女又躲到什么地方去乱搞，是女人发出的浪声浪语。仔细听，就听出了悲戚，那是一个女人的哭诉哪：'苦难总得有个头，厄运总得有个完，条条锁链锁住了我，锁不住我向往……'好像就是这样几句。我推推身边的司鼓，问听到哭声了吗？他说没有听到啥啊，接着翻一个身又睡着了。我们这么多人睡在一起，鬼不敢上身的，只是心里很害怕……

"天亮了，我们到村民家里用餐。我悄悄问乡亲，祠堂里是不是闹过鬼？他支支吾吾，说以前祠堂里死过一个女的，是个女知青。再多的话他不肯说。被问急了，才说那哭声以前也有人听到过的，还有人夜里做噩梦，梦到她七孔流血、吐着舌头。我听得寒毛直立……

"其实，剧团长年在外，遇到离奇事是经常的。以前听说有剧团演《包公斩判官》，演着演着包公就嘴唇和双手战抖，一时连唱词都忘了，这时站在两旁的衙役就非常重要，要及时喝堂威、击杀威棒，以此对邪物起警诫作用。因为台上的包公出现神思恍惚，多半是遇到了冤鬼上台来申冤。为此我把村民点的《包公斩判官》

安排在了白天演。不料白天演这戏虽然平安无事，但到了晚上演《三请梨花》时，不该发生的事情仍然发生了。尽管天黑之前，我想起唱道情那些年有道士教过我画符，我照葫芦画瓢，在戏台的前后都贴了辟邪的符，但是谁能想到，当戏演到薛丁山念'要叫我出兵'，程咬金念'谁要你出兵，是要你去往寒江相请樊小姐'时，演薛丁山的演员好像突然走了神。看到这情形，我赶忙拿来一纸板写上'我们唐营兵多将广'，在侧台提示他念下去……

"经这一提醒，该演员回过神来，奇怪的是，当他接着唱：'只怪我运不好，寒江关前遇妖娆，洞房生事添羞涩，挨了板子又坐牢……'正唱着唱着，声音突然变了，变得又尖又细，一个非常瘆人的女音从他嘴里传出来：'告别了妈妈再见了家乡，金色的学生时代已载入青春的史册一去不复返。啊，生活的脚步深深浅浅，在偏僻的异乡……'而且边唱边手指观众，接着用婺剧腔念白：'风凄凄雨淋淋，花乱落叶飘零，我冤啊，死得冤啊——'

"没错，这的的确确是一个女人的声音，他一定是被鬼魂附体了！"

驼背讲到这儿，绍飞不知道其中有多少真实多少编造。在医院，早晨的走廊上人来人往十分嘈杂，绍飞听着戏台闹鬼的事，完全忘记了身在何处，满脑子映现的是山高路远的老祠堂，多年以前一个女人因为冤情上吊了，如今却变成了厉鬼，通过台上的男演员喊出了冤情。绍飞想象，一开始时台下的人们不知道怎么回事，还以为是演员发了神经呢。可一旦听明白这冤情与多年前的女尸有关，那恐怖的声音就是三伏天也会让人起鸡皮疙瘩的。当年女尸挂在楼栅下的情形，此时一定会让云落村的村民再次想起，整个戏场一片慌乱！

可事实上，虽然很多人像被孙悟空点了定身法，但是他们也并没有表现出特别害怕，只有几个老男人吓得两脚发软，悄悄地逃走了，更多的人倒是想留下来看冤鬼喊冤，想看接下来会发生什么。这时，就连急着要走的舅舅也被这段讲述吸引，不知不觉，忘了时间的流逝。

"再后来呢?"舅舅焦急地问。

"戏自然不能停。剧团演戏有规矩，演员进入舞台便不准随便下台。这时幸好演官兵的演员上场了，大喊一声:'啊呀呀，你是何人哪!'演薛丁山的演员明显吃了一惊，正要接着用女声诉冤情，那官兵两眼一瞪，挥舞着大刀，又是一声大喝:'什么是你薛丁山派来的。哼!! 不提起薛丁山倒还罢了。叫我好恼!!!'——我这才辨认出这演官兵的，是我们团的副团长，也就是剧团总导演潘老，他走南闯北可是见过世面的。那被鬼魂附体的薛丁山被潘老几声断喝，竟然清醒过来。

"薛丁山念：'啊！好啦好啦！'

"潘老喊：'哼！你算哪路英雄好汉啊！老子早已闭了关，不想来了你一个蛮不讲理的家伙纠缠不清！'

"薛丁山念：'我就是薛丁山。'

"潘老喊：'拿来令箭！'

"薛丁山：'没有。'

"潘老喊：'文聘！'

"薛丁山念：'也没有。'

"潘老喊：'既无令箭又没文聘你在这里打什么文章啊！'

"薛丁山念：'待我见了你家小姐便知道。'

"这时，后台都知道鬼魂已经被潘老赶走，演樊梨花的赶紧上台，念：'是他！是他！'

"如此，戏就接着演下去了。观众也留下来了。我们提心吊胆，怕再出事，好在演完整场再没有演员被鬼魂附体，乡亲们高高兴兴地散场。但是，那个演薛丁山的演员脱下戏装卸了妆，如同生了大病面比纸白。我们围着嘘寒问暖。他说那阵子他不知道说了什么唱了什么，就像梦游，看到的都是曾经政治运动的场面，很多人戴着红袖套，要打倒谁批斗谁。我们都安慰他，那是疲累过度产生幻觉罢了。我们第一次不敢关灯睡觉，男男女女把地铺打在台下。第二天，还得接着演。白天鬼不敢现身，大伙演得轻松。晚上加演的是《佛钵收妖》，正本是《火烧子都》，都是武戏，这样安排就是要增加舞台上能镇住妖魔的气场……

"《火烧子都》中有一幕，子都嫉贤妒能，害人之后，脸色先从正常变成白脸，之后又变成绿脸、红脸、黑脸和金脸，一场戏下来，换了五张脸。变脸在其他剧种中也有，唯独婺剧变脸是'抹脸'，其实就是把新的油彩抹到脸上把之前的颜色盖掉。谁也没有想到子都最后一次变脸时，一个'抢背'（后滚翻）后，竟把自己抹成了一张鬼脸！而且还口含四颗獠牙，两颗朝上两颗朝下，时而快速吞吐，时而上下翕动！我再没有见过这么恐怖的脸！虽然事后剧团向村民解释，变脸、耍牙都是婺剧的绝技，但是，演子都的演员无法解释，他怎么就把这两样绝技演在了一块。耍牙的表现手法是受限制的，只在神话或出鬼怪的剧中才使用，他在变脸时加入耍牙，而且发出嗷呜嗷呜的叫唤，以至于台下观众因受惊吓，尖叫着往门外跑，结果就有人绊了电线，舞台灯光突然变暗变亮又变暗，就像有闪电刺啦刺啦地闪，使得当时气氛极其恐怖……

"当然，事后也有人说，压根就没有人绊了电线，因为发电机放置屋外，电线并不从地上拉进来的，而且灯光突然变换明暗，是发生在人群往屋外跑之前。他们跑，是被灯光吓着了。不管怎么说，伴随演员变成厉鬼的模样，舞台灯光突然变换明暗是真的。我们的剧务赶紧去查看控制舞台灯光的电路板，开关并没有坏呀。于是他赶紧往屋外跑，担心发电机坏了。没想到他出去后所有灯干脆都灭了，祠堂里乌黑一团。事后，有人说，就是在那一刻真的看到了悬在头顶的女尸，嘿嘿阴笑着，正是以前在祠堂里上吊的那个女知青！

　　"总之，那天乱了套了，人们在慌乱逃跑时踩死了两个人。两个都是老人。所以，这戏就再也没法演下去。老人的死，我们剧团无疑要负一部分责任，但是也可以说没有责任。闹鬼的事，跟剧团有什么直接关系呢？有人说，这两个老人不是好人。但是谁的家属肯承认这个？而且不论好人坏人，命都一样珍贵的。因为人都只有一条命。反正争辩很久，最后给每家赔了几百块钱，我再临时组了五个人的响器班，给这两个老人唱了一天一夜丧歌，这样他们才同意我们走人。可要命的是我们离开以后，其他村子听说演戏演死了人，都不敢来请我们去演了，我们只好下山，戏箱是自己抬下来的。

　　"这之后，剧团就重新回到了平原上，演薛丁山和演子都的演员都生了病。剧团不得不停演休整。两个月后，我再想召集大伙重新出发，发现有的演员去了别的剧团，有的干脆跟了唱流行歌曲的歌舞团。我求爷爷告奶奶，好不容易留住了当家花旦小青竹，终于凑齐了婺剧十五行共二十八个人。我到处去联系演出业务，坐公交车、挤中巴车，走路，住旅馆，在乡镇车站经常熬一整夜。只要有地方请我们就都去演。没地方请，就在乡镇集市上自己搭舞台、帐篷，靠卖票维持剧团运转。这时偶尔也有发了财的大老板，请我们去为酒店开张或者老人寿诞之类演出，有时候演出到半夜才结束，拆完戏台顾不上休息连夜赶往下一个商演的地方，演一场、两场的都接，这样连续演了九个月，一结算还亏了八千元。

"怎么会亏的呢？主要是因为当时剧团负担着演薛丁山和演子都的两位演员的医药费。他们两个自从被女鬼附体后，人就一天天瘦下去。人病了就得治。可药物只能治身体上的病，心理上的病是难以医治的。到医院检查也查不出啥，单是身体虚弱、精神不好。也请过巫师、仙姑驱鬼，请和尚念经，都无法恢复他们正常人的生活。后来演薛丁山的那位患了严重的癔症，白天晚上都睡不着，睡着了就做噩梦，哭着喊着'救命啊救命啊'。被怨女附体过的后遗症，吃药根本不管用，连心理医生都没办法疏导。演子都的那位呢，神志虽然清楚、能吃能睡，但是浑身乏力，没多久就患上了肌肉萎缩症，面部表情僵僵的，连口水流下来也吸不回去，他老婆就跟人跑了。

"这两位成了这样，我不能撒手不管，他们是跟着我演戏撞上霉运的。可一管，剧团就要继续亏下去，待遇就上不去。这时团里意见有分歧，尤其那些后来的演员不愿背这个包袱，加上剧团本身不怎么挣钱，撑了一年后，我把剧团还给了老团长。不久，他就把人员解散，把十几只戏箱和所有道具卖了。"

这个事情后，驼背说，他自己也病了很长时间。于他而言，离开戏班就像小鸟离开天空，树木离开森林，是很痛苦的。可是他无能为力。自那以后，他干过其他一些事情，开小商店，做小买卖。他毕竟是十一岁就离开山乡自谋生路的人，丰富的人生阅历足以让他应付生存。只是，除了跟戏班、做"说戏先生"，他对其他事情越来越没有兴趣。他也像那两个被女鬼附体的人，精气神逐渐丧失。直到后来又遇到一个新的戏班……

关于这个新戏班的情况，驼背并没有像讲之前的经历那样跟绍飞或者舅舅详细讲过。不论是在医院还是拆了石膏重新回到录像厅以后，他似乎总在回避。只有一次，舅舅带着探寻的目光，盯着驼背，问起那两个生病的男演员后来怎么样了，驼背这才提到他后来跟了那个新戏班，倒是挣了一些钱，还掉了一部分债，还给了两个演员各一万块钱的赔偿金，他们吃上了进口的药，病情才有所好转。后来有一个康复后，改了行，做了别的工作。

至于另一位……

驼背摇摇头，没有接着讲下去。

六

夏天过去，天气转凉的时候，由于坚持不懈地寻找，绍飞在金华终于有了一份工作。在一家字画装裱店做帮工。老板是汤溪那边的，以前在山乡做过代课老师，爱好书法绘画。平时，绍飞吃住都在装裱店。饭菜是老板娘做好送来的。睡觉是在小店的顶部，接近天花板的下面，几根松木架在两边的墙洞里，上面有四五张桌子那么大一个空间，从梯子爬上去，拉上布帘，就成了绍飞在城里最初拥有的"卧室"。

绍飞喊老板戴老师，戴老师是个斯文人，白白净净的，和老板娘结婚不久，他们在外面租房子住。绍飞来了，他就成了守店的。

那时候字画装裱生意清淡，小店主要收入来自定做匾额，也就是一些商店门头上的店名。戴老师不是多么有名的书法家，但是他能根据顾客的需要，模仿各种名家字体，然后把它们烫在或者镶在防腐木头上，成为漂亮的牌匾。

绍飞在这里的工作不是很忙，但是不再像之前那么自由了。第一个月，他只去过驼背和舅舅那里各一次，第二个月，只去过舅舅那里。因为绍飞的工作主要是守店，白天走不出去，晚上等他觉得不再有顾客来取货，去往东关的公交车早停运了。当然，主要是他自己不想去。公交车停了，不是还有脚吗？他是因为迷上了在台球室看打台球，游戏室看打游戏。那年月，这两样东西很受年轻人欢迎。他总是站在别人身后，默默地看，有时出现败局也跟着紧张，但是不能表现出来。只有等到围观者都异口同声哇地叫起来，他才敢跟着起哄，那往往是一方战胜另一方之时，叫得越响，得胜者越有成就感。这是看别人打台球时的情况。

换了在游戏室，情况相反。游戏机都是立式大柜子，有一个操纵台，上面有操纵杆，游戏的内容主要是枪战、打斗、杀人、勇闯迷宫。一到晚上，飞机大炮肉搏厮杀兵器相碰之声，能传到另一条街上。有的机子只需一个人玩，有的机子需两个人一起玩，游戏手一个个神气得不得了，一个个血脉偾张、满头大汗的。站在游戏手旁边，大家都感受到了紧张与快感，死死盯住柜子上的屏幕，当游戏手处于劣势时，旁人就要一起大声喊"加油！加油！"这样，游戏手才会越打越来劲，否则等他过不了关，就会把站在旁边的闲人赶走，不让你白看。

绍飞有时候也想花钱玩一盘台球、打一次游戏，但是一直没这个胆量。这两样东西不仅花钱，还得有技巧才行，否则——用某些人的话说，就像没用的男人找妓女，刚爬到女人身上就泄了——很不划算。而且，不论打台球还是打游戏，不是你有技术、花得起钱就能玩得尽兴，这里面也有江湖规矩。比如有几个受众人拥戴的游戏手或者本地小流氓来了，生手和乡下人打扮的青年没一会就被挤到一边，连手中的球杆、操纵杆也被人夺走。

"滚侬的，到杀货！"

一天晚上，外面风呼呼地吹，绍飞拉上卷帘门爬上"卧室"，裹在被子里死盯着离鼻子一米上下的天花板。冬天来临后，街上的人少了，连人民广场那边也不是很热闹，绍飞已经不是很迷恋观看打台球和玩游戏，主要待在"卧室"发呆或者看书。

他看的第一本书是戴老师放在工作间练硬笔书法用的《年轻的潮》，一个奶里奶气的男人写的。第二本是《七里香》，作者署名前标明是台湾人。绍飞之前不知道自己也会喜欢文学，但是读了这两本书后就喜欢上了。之前读初中，关于诗，他印象最深的是鲁迅的散文诗《雪》、艾青的长诗《大堰河——我的保姆》和郭沫若的《天上的街市》。别的，就是语文书里的古诗词了。它们要么比较难读，要么比较跳跃。可是自从读了戴老师买的这两本书——没有荒僻字，读着不费力，好像专门给中学生写的——绍飞爱上了阅读，还去书店翻阅过类似的书，然后把喜欢的句子抄在笔记本上。这时候，绍飞突然想起其中一首，大概是这样的：请不要相信我的美丽／也不要相信我的爱情／在涂满油彩的面容之下／我有的是颗戏子的心／在别人的故事里／流着自己的泪……

绍飞觉得这样的诗里有一种淡淡的忧伤，就像是他此刻的心情。又可能因为诗中出现了"戏子"二字，让他莫名地想起了驼背张难生。想起前几天，听戴老师说东关要拆迁了，要造什么体育场，当时就想着要去那儿看看。于是决定第二天向戴老师请假。不巧的是，接下来几天戴老师接了一个大单，小小装裱店前后忙了半个月，等绍飞请了假再去东关，菜市场那边已经拆空了，到处是残垣剩瓦。好在东关老街那边暂时还保留着。

绍飞走进老街，巷子拐角虽然还挂着张难生录像厅的牌子，但是音箱没有了。他再往前走几步，就看到录像厅已经关张，取而代之的是空空荡荡的房子，朝外敞露着，几个工人在里面砌墙。绍飞问那几个人。有一个说，不知道什么张难生，他们是只管装修的。绍飞问要装修成什么样，他们说，要砌起十多个房间。绍飞又问雇主是谁，他们说，就是隔壁巷子开丧葬用品店的那个。绍飞就找了过去。

进到丧葬用品店，狭小的空间，满眼是亮闪闪的锡纸剪成的花圈，纸糊的灵房，印着龙凤图案的寿衣，还有烛台、香、黄伞、孝服等。一股阴晦之气扑面而来。在一堆金山银山后面，一个五十多岁的男人正认真地剪纸钱，听到有人进屋也没有抬头。

"老板，请问……"

"侬要买啦啥？"

"我、我是来找张难生的。"

男人停住了，放下手中的东西站起来。这是一个块头很大的麻脸男人，刀条脸，两只眼睛炯炯有神。绍飞感觉见过这人，之前他来录像厅找过驼背。那人也发现绍飞是他见过的，就问你是张难生什么人，绍飞如实回答。男人叹口气，让绍飞坐在刚才他坐的凳子上，自己则挪开一堆纸钱，坐在一块墓碑上，改用普通话说了起来：

"嗯哪，不是他不付房租，也不是他要走，而是我儿子大了不愿出去工作，更不愿跟着我干，我想来想去，想让他开家小旅馆。他得养活自己呀！再说，驼背开录像厅，生意一直不好。想想这么大房子，租给他也就挣个生活费吧，确实有点可惜。不过他要是不愿意搬，我倒还愿意继续租给他，或者让他来我这里帮忙，毕竟我们算是戏友加朋友。没想那天我去问他的意见，他一口答应了，只说要把录像机和彩电等东西暂时保存在我家里。我说没有问题，在你有新着落之前，吃住在我家里都可以。"

"那他现在住你家吗？"绍飞问。

"没呢。他把东西搬到我家后，就没有再来了。"

"哦。"

"我想他找到新地方，肯定会来搬走东西的。"

绍飞感觉再问下去，也不会知道驼背在哪里，站起来想给这个男人留一个装裱店的电话。男人满屋子找纸和笔，随口说："难生是个好人，也是一个奇人，你们山乡能出这么个人，真是人杰地灵哪。"在绍飞有限的认知中，人杰地灵这词，总和一些著名人物搭配着用，就金华范围内比如陈亮、宗泽、李渔、邵飘萍、艾青什么的，怎么能在谈到驼背时用到这么隆重的词呢？驼背是好人、奇人、畸人，这没有错；他弹过棉花、唱过道情、带过好几个戏班，人生坎坷，大难不死，这都没有错。可是……

男人已经找到一支笔，找不到纸，就随手撕了半张冥纸递给绍飞，说："小伙子写吧，白纸黄纸都是纸，就像这人哪，好活歹活都是活。"

绍飞写好了，递给那人的时候，不禁多问了一句："大伯，您跟张难生很熟？"

男人说："嗯哪。我爱听他唱戏。干我们这行的，哪个不是因为喜欢呢！"

绍飞说："我只听他说过，他唱过道情、带过戏班……"

男人有些吃惊的样子："哎呀，你是说，你没有听过难生唱戏？"

绍飞点点头。

男人的声音突然高起来，激动地说："那你还说你俩的村子只相隔五里地呢。"

绍飞不禁红了脸，补充道："我和他虽然住得近，可他长年在外……"

见绍飞一副做错事的样子，男人的语气才缓和下来："我其实知道难生不爱提他唱戏的事，那是他人生中的一个死结，他可能真的从此不再开嗓了。唉！可是你们山乡人哪，千万别忘了，难生在外面出名不是因为他带过戏班，而是他戏唱得好。你们山乡人提到他，别老以为他在外面发了大财，在金华娶了老婆、生了孩子什么的，还以为他瞧不起山里人了呢。嗨！这也是他后来不愿回家的原因。"

"是，嗯，连我舅舅也没有想到……"

"嗨，谁不是活在误会当中呢。就像驼背带剧团去了深山，好像在一个祠堂里吧，遇到了一个什么女鬼，她要在演员身上附体可能并没有恶意，她只是想以此诉冤。可是大家谁关心过她到底有什么冤屈呢？反而吓得人踩死了人。难生不就从这事开始倒霉的吗？人活在世上，最难的是让别人理解你。整个婺剧界，很少有人敢于承认他是这五十年唱婺剧唱得最好的。之所以说五十年，是因为再早的婺剧演员唱得怎么样，我们没能亲耳听到。"

绍飞突然想起，有一次，驼背写了一张字条让他去找那个留长发的丁先生。丁先生也说过类似的话，说驼背嗓子好。当时绍飞把丁先生的话，理解成一个艺术家的疯人疯语。这会他相信这两人的话里至少有一部分是真的，那就是驼背会唱婺剧，而且唱得很好。尽管他和驼背在一起这么些天，从来没有听他唱过。

同时，绍飞也更加疑惑了，驼背这个样子，怎么上台演戏？

于是就有了下面的故事。

"我跟难生，不算走得特别近。但是我们那个团解散后，我和他反倒联系得比其他人多些。不仅仅因为我把房子租给他，更因为我从心底里佩服他。这些年，他租了我的房子放录像，有时候看他不挣钱心里比他还着急，这打打杀杀的片子到处都在放，富裕人家都买了什么影碟机了，谁稀罕看！就劝他放点年轻人爱看的那种片子吧，放的时候自个走到外面遛一圈，时间过了再回去不就成了嘛。他说我变了，还搬出什么瞎子师傅的话教训我。因为这个，我后来很少上他那儿去。再说我们在一起，一说起来还是剧团的事，说着说着就会说到伤心处，心烦。我们共事的这个团，不知道你有没听说，叫集艺婺剧团，原是离这儿三十里地一个叫华通镇上的民营班子。在难生没有进团以前，演出质量平平，往往借助大锣大鼓、打斗剧烈的武戏来吸引观众。难生来了以后，文戏才多起来，并且戏越演越雅，也越演越好。

"我开始不是给这个剧团管戏服、制道具的。我是这条街上的裁缝，开裁缝铺的。因为爱看戏的缘故，常有戏班让我帮做戏服。我哪干过这个，最初都是在剧团老师的指导下，他们怎么说我怎么做。一个婺剧团，角色行当分好多种，老生穿什么戏服、戴什么戏帽，小生是什么行头，大花面、花旦、正旦是什么行头、怎么打扮，每一道工序都极精细讲究，需要慢慢积累功夫。时间长了，我摸出了一些门道。

"那时金华及周边地区剧团特别多，城里有国营的，乡镇有民营的，个别村子有草台班子，合起来有上百个。来找我做戏服的剧团多了，我干脆改行专做戏服，也做盔头、鞋帽、刀枪、道具。别看我长得粗壮，可我手巧呢。你如果现在去金华大剧院看公演，那里还有他们从我这里定做的戏服、盔帽、面具什么的。后来因为同行竞争，有人买了我做的戏服拆开，再按照我设计好的尺寸拿去服装厂批量生产。这样，我再老老实实靠手工，成本就太高了，活都被人抢走了。我不得不跟定一个戏班，帮着管戏服、制道具兼顾剧务，剧团到哪里我也到哪里，虽然成了拿死工资的，但是每天有免费的戏看呀！也不亏！

"那年，我在集艺婺剧团，遇到了难生。那是集艺最糟糕的时候，两天打鱼三天晒网，我们多数时候在华通镇的文化馆歇着，团长已经在考虑将剧团转让或解散。由于没有市场，我们没有用武之地，就像现在箍桶匠败给了塑料厂，谁也没办法。可是，作为活生生的剧团一分子，都有些舍不得离开。在剧团工作不像在工地上搬砖，剧团是讲情讲义的地方，大伙风里来雨里去，每次演出都要相互协作，而且戏里宣扬的除了扬善惩恶，不还有忠孝节义吗？剧团人终日耳濡目染，要比一般人重情义。团长虽然没有最后宣布剧团的去留，但是我们已经感觉到留日不多，以至于每天都有一份离别的愁绪在心头。

"难生就是这时候出现的。那天我看他在文化馆门口徘徊良久，才进到院里来。他径直走到我跟前，一边给我递烟一边问我，贵团需要说戏先生吗？我上上下下打量他，太寒碜了，没好气地说，不需要，也没有接他的烟。他把烟重新放回烟盒，又问能不能帮忙给团长捎个话，或者带他去见见团长。我有些不耐烦，说我们都要解散了，团长哪有心思在这里守着？他就问我，那你是剧团的箱管喽？我反问他，你怎么看出来的？他说剧团没戏演，守着戏箱道具的不就是箱管吗？我们就这样聊开来。他说之前给多少剧团跑过业务，最远跑过哪里哪里，怎么让剧团存活下去。我当他是吹牛。但是他说的那些剧团有名有姓，倒都真的。不过我知道其中有几个已经不在了，就嘲笑他光能跑有个屁用。难生的脸皮也真厚，就跟我分析倒闭的原因。我听他分析得那么具体，就知道他是真给戏班跑过业务的，就上楼叫来了团长。

"没想到团长一见难生，竟然有些印象，也不知以前在哪儿见过还是听说过，就把他请进了办公室。难生把刚才的话向团长复述了一遍。讲到最后一个剧团的解散，他突然哭了，承认是被他带偏了，承认演傩戏之前没有按规矩严格要求演员照办，这是对戏台和鬼神不敬，所以才会发生后面闹鬼的事情。这次他要痛下决心，洗心革面。说他之所以还想从事这行，实在是因为热爱，三天不看戏心里空落落，像丢了魂；另外就是因为要还债，还那次进深山欠下的债。这笔债是他欠给那两个患病的演员的，他还要负担他们的医药费、生活费，直到他们能出去工作为止。

"听他这么一说，团长当即表示，只要他还能帮剧团找到演出的地方，这个剧团就先不解散。又郑重地敬告，宁愿没戏演，也不去那些魑魅魍魉出没的偏荒之地演。又说，团里暂时没有工资开给他，他的工资要靠自己跑出来，按场次给奖金。难生满口答应了。

"我想，这就是所谓的'死马当作活马医'吧。"

"可是，时过境迁，世道毕竟不同了。做说戏先生的难，是求人的难。以前剧团受欢迎，人都求着去演，现在反过来，他们就以为高剧团一等了。有的村，尤其城郊先富起来的，有做生意的请剧团演几天戏没问题，一个人就能掏出这笔钱来。问题就在于，当剧团欢天喜地去了，却发现人家掏钱的目的不单纯。有的村同时请来了两个甚至三个班子，在露天空地上搭台'斗戏'，互相摆行头、亮角色、比高低，以台下的观众多者为胜，获胜的一方演出费加倍。还有出了钱的大老板，会要求女演员陪吃饭、陪唱歌，这些人口无遮拦，动手动脚。女演员犯不着为了剧团被人骚扰，往往搞得不愉快。比如我们团的花旦小青竹，年纪虽然三十了，长得却依然很美，而且心高气傲。她最讨厌的就是遇到好色的土包子富豪。但团长叫上她，她不得不去。那一次，肯定又遇到了他妈的揩油的，她回来之后哭个不停，第二天突然离开了剧团。

"这还了得，整个剧团就指望着她撑台子的。而且这是难生来我们团之后拉到的第一个单，这个单拉得非常难。没想到就遇到了这种情况。团长急得团团转，大家分头去找她。最后在城里的卡拉OK厅找到了。她倒不是跑来走穴的，而是自己包了一个包厢，哭着喊着唱了整整一夜流行歌曲。我们找到她时，包厢里满地酒瓶，她倒在沙发上呼呼大睡。我们把她叫醒，她死活不愿回去，几个人把她拖出包厢抬上车。她吼叫着，竟然从嘴里吐出一口血！这丫头把嗓子唱坏了！也不知她是有意还是无意，总之嗓子不能唱了！

"这个情况简直比找不到她还糟糕。医生警告，一个星期她都不能开嗓，否则炎症加重导致声线变粗，严重的会变成公鸭嗓。可要是一个星期不让花旦上台，这期间的戏该怎么演呢？大家搔首抓腮，商量临时去找一个顶替的。正巧之前有个剧团解散，有花旦赋闲在家，于是连夜雇车去请。没想到该花旦挺着个大肚子，再三个月就生产了，人家不愿来。这时头夜戏就要开演了，团长火冒三丈，命令团里的丫鬟换戏装，替代小青竹上台救场。结果丫鬟不仅唱不好，而且老忘词，台下观众看得窝心，嘘声四起。第一场演出刚结束，当地的出钱人就找到后台，警告说，如果第二场看不到名角小青竹上台，就要让剧团退钱走人。

"钱都进了账了，怎么可能退回去呢？这事不仅丢人，而且钱已经花了不少。团长也想不出办法来，问小青竹到底还能不能唱。小青竹张开嘴，口腔里面整个红肿溃烂，就像用开水烫过。如果小青竹不能唱，团长就只能去央求对方给我们时间休整，等她能唱了再把剩下的戏补上。问题在于，搭完一个台子这样干耗着，被人取笑，开销也不少。更何况，小青竹的嗓子到底等几天能恢复如初，谁也说不好。

"这时难生从外面说戏回来了，团长把他拉到一边，悄悄说了团里正在发生的事情。难生看看我们，跟着额头上冒汗，问，谁还记得花旦没有失声前的声线呢？能学唱几句吗？我们说有录音带呢。他说要听听。一阵翻箱倒柜，找到了。打开录音机听了一段，难生闭上了眼睛，耳朵一抖一抖，那样子就像一只猴子蹲在树上，耳听八方。当他把眼睛睁开，脸上的肌肉随之松弛下来。他说，录音机关了吧，给我三天时间。我们把录音机关了。他慢条斯理地说，现在事情闹成这样，已经骑虎难下，我们只能硬着头皮将戏演完。

"可花旦都不能演了，说这话等于放屁！

"难生继续说，花旦不能开嗓不用怕，重要的是得有人帮着她唱这几天戏。我们听得不太明白，演戏又不是唱道情，闹台的锣鼓一响，老戏迷除了带耳朵来，还要看演员怎么演，唱、念、做、打，缺一样都不行。但是难生一副不慌不忙的样子，说的还是给他三天时间，他练嗓。团里演大花脸的老瓦片是个急性子，终于忍不住了，一声大吼，你有屁就快放，有招就快使！难生被老瓦片这一嗓子吓得一激灵，不得不说得更直接一些，说你们的这个花旦，真是巧了，我熟悉的，她是不是叫小青竹？我们说是的是的，你听出来了？他说，小青竹就是他之前带到大山里去倒了霉的那个剧团的当家花旦，他听第一声就听出来了。

"我们问：'那又怎么样？'

"难生说：'这次能不能这样，让小青竹继续在台上演，但是让一个人在台下试着帮她唱。'

"难生说完，看着大家。在场的人硬是反应不过来。

"'怎么帮……唱？'团长问。

"'就是让小青竹在台上照样演，照样开口，一切正常。但是音箱里放的音，是从后台发出来的……'

"'那是说，她的话筒不出声，让帮唱的话筒出声？'

"难生不解释，盘腿坐下来，闭上眼睛，就像练气功的人，双手举过头顶，慢慢收回平放在丹田位置，吸气，保持那股气几秒钟，然后让气在门牙中间慢慢地吐出来，同时唱出了第一个音：'啊——啊……（一直保持这个音到结束）'

"接着，难生就咿咿呀呀唱起了刚才录音机里小青竹唱过的唱段。唱完，我们又是半晌反应不过来。因为他模仿小青竹的声音，几乎听不出差错，甚至更婉转轻灵！

"团长说，那还等什么呢，让我去跟小青竹商量！"

七

"咚咚咚咚咚，演出就要开始了，闹台已经闹了很久。台下黑压压的人，都伸着脖子。后台的演员在准备上场，难生躲在舞台侧面一块幕布后面一个特制的布罩子里，透过一个小孔他能从里面看到舞台，但是外面的人看不到他。我们已经偷偷试过效果，他在里面唱出来的音通过话筒传给扩音器，再通过喇叭传向观众席，听起来效果很好。这样，只要关掉别在小青竹身上的无线话筒即可。台下人是听不出发音方位的。

"头夜戏，加演照例是《百寿图》。我们的小青竹出场了。剧团人都捏着一把汗。小青竹之前是不愿上台的，她说她要改行。团长跟她说，你上台只管演不管唱。她说这不是欺骗人吗？团长说，就应付这几天，等你嗓子好了再你自己唱。她依然不情愿，对这样的事情心理上不能接受。团长说，现在因为你戏演不下去剧团要倒闭，你就忍心？她就再不言语。但是她和难生一个在台上一个在台下怎么配合，怎么对口型，没有一个人能保证这事真能行。谢天谢地，小青竹一开口，就有声音从音箱里传出来：

"'一对紫燕双双飞，一只高来一只低，我本玉叶金枝体，下嫁郭暖配夫妻……'

"难生的嗓音清亮、圆润、甜脆，音色极其纯净饱满，悦耳动听。

"是的，以前也有过婺剧男旦，但多数好像是掐着嗓子在唱，粗听是女声，细听是变尖细了的男声，听着听着起一身鸡皮疙瘩。难生则不同，他的嗓子跟他的身子一样，可能是畸形发育或者发育不良，原本就接近女声吧，加上他年少时跟瞎子师傅学过道情，早练就了男唱女角。这会，通过音箱设备的扩放，低声似可穿越山谷，高音则如冲入云端。再加上我们的小青竹优雅大方、芳姿动人，这两人一个台上一个台侧经过不多时的磨合，一个全新的、近乎完美的金枝形象诞生了。团长高兴坏了，在后台一个劲地将手握成拳头又松开，偶尔拍一下大腿，为小青竹的表演和难生的演唱叫好，一等小青竹在热烈掌声中下台来，他就拿着我们预先准备的鲜花去献，不料小青竹一脸愠怒地走开了。团长问咋回事，演得不挺成功吗？小青竹哼一声，朝难生待着的布罩子努努嘴，我们才明白，这束花应该献给难生才对。

"再往后，便是一场接着一场的演出，一发而不可收。每场都能收获十数次掌声。不管是在露天戏台、集团公司礼堂，还是在自己搭的大棚里，不管戏场多么嘈杂，五行八作，三教九流，只要小青竹一上台，难生那丝丝入扣的声音从音箱里一传出来，就会自然地安静下来。我不懂戏曲理论的，不懂什么三个八度、音域十七度，我不管，我就喜欢看喜欢听，我听过见过的剧团不算少，但是像难生这样的嗓子、音色，是第一次遇见。

可能连难生自己都没有想到他唱婺剧能唱得这么好，不然他就不会眼睁睁看着之前的那个剧团倒闭了，以至于流落到我们团里来给之前的当家花旦帮唱！

"我仍记得难生和小青竹的组合，迷倒了很多很多人！那是多么让人难忘的演唱，以前说'余音绕梁，三月不知肉味'，多数是夸张。但，这次是亲耳见证。有的人跟着剧团看戏，如同看书入了迷，连看十多天连工作都耽误了。这种情况让我想起改革开放最初那些年，老百姓的生活刚刚好起来，不管是婺剧、越剧还是徽剧，只要有剧团来演出，都有这么火！有道是现在不是没人看戏了，而是观众口味变了了。难生与小青竹的组合，各取所长互避其短，别具一格。明明是普通的戏，经他俩一演绎就显得出神入化、酣畅淋漓，看得人仿佛从心灵深处涌起一股绵长的力量，一曲听完，不由心驰神荡。有一段时间，我老琢磨这事，凭什么？无非一个'真'、一个'情'。难生嗓子好，那是先天条件，但最重要的是他用这么好的嗓子唱出了人间的真情，还有就是雅致。你也知道，婺剧以前主要在农村演出，传统上轻唱重做，不像越剧以小生花旦的感情戏为多，发扬在城市。城市人多少有文化一些嘛！他们不仅要热闹，还要有味道。难生这人，你对他的出生、经历大概也有所了解。他虽然读书少，但是正正经经跟人学过道情，能唱二百多个本子。道情本子跟婺剧本子当然不一样，但是你想想，是不是有异曲同工之妙，是不是要比一般的演员更显得有文化？

"那是不一样的嘛！单就理解人物来说，人物经历了大悲大苦，演员没有经历过，唱出来就会少一抹味道。难生是经历过大悲大苦的，而且是从事业有成变成一无所有的。当然，他曾经带剧团到外省去演出这样的事，在真正的功成名就者看来算不了什么，但是对一个身有残疾的山里人来说，不就是曾经的辉煌吗？至少是有成就感吧。现在呢，他欠着一屁股债，跟着一个快要倒闭的剧团，像做贼一样躲在黑咕隆咚的布罩子里，也不知道将来的命运！所以，每到一个地方，都说我们的花旦小青竹演得好唱得好。都说她演的昭君、西施、秦香莲、陈杏元、白素贞，能听出颤音、挑音、嚯音，傲气里有无奈，无奈里有傲骨，傲骨里有苍凉，每唱一句都出自心声。听她唱，字字带情，句句入心。所以，不论我们何时何地演，没有一次台下观众不是哭得稀里哗啦的。都说看过我们团的戏，再去看别人演的，就感觉太平淡了。"

"这人的声音啊，是人身上最没有富贵贫贱之分的东西吧，美妙的声音一旦传到音箱，只要足够优秀，就像人的才华、人的思想被我们写在纸上，不管这人什么身份、活着还是死去，总能将千千万万人征服，并且被记住。难生的出现就是这样，就像书里说的：'沧海横流，方显英雄本色；乱世之中，才知豪杰笑傲。'他看起来的确好不起眼，那惊艳四座的声音很难与他这人联系在一起的。但是，就是他的帮唱，拯救了小青竹，拯救了集艺婺剧团。随着集艺的名气越来越大，邀请我们演出的地方不断增加。后来，团长干脆在城里租了固定舞台，就是婺江公园对面那个老电影院。它闲置很久了。

"演出场地固定后，一度，我们的剧团成了婺剧界的奇迹，每到节假日，观众席上坐得满满的，比人民广场那边那个国营婺剧团火爆多了。团里人都很高兴，因为剧团进城了并且扎下了根，工资奖金随着涨了。只有难生和小青竹有点闷闷不乐。这一对神奇的搭档，本来是为了应急产生的。他们从没想过要这么一直演下去。之前，小青竹故意坏了嗓子，是因为有钱人把她当作戏子，她有意要摆脱这个行当，现在她出名了，想重新回到本行，却发现已经回不来了。且不管她的嗓子还能否回到最佳状态，就算她唱得比过去好，团长也不会同意她唱，观众也不会同意。因为难生的声音已经深入人心。这个声音是镇团之宝。

"有一次，团长在我们排练新戏的时候，拗不过小青竹的恳求，同意她让无线话筒传出来她自己的音，结果，我们立刻就觉得不习惯了，感觉她发出来的是别人的音，小青竹唱了几句，可能连她自己也觉得过于逊色，把话筒关了，然后就甩手跑了。等再回来，鼻子都哭红肿了。从此她就再也没有笑过了。她总是忧愁满腹。她的痛苦可能只有她自己能理解。多少次，我看见她在舞台上，她的手慢慢地摸到已经作为道具使用的无线话筒那儿，又缩回来，眼泪哗哗地流下来。如果她那么做了，后果不堪设想。是的，她已经被推到一个很高的位置上，就再也不能变回她自己，这是没有办法的事情。

"难生呢，表面看老样子。他从不因为对这个剧团有贡献而扬扬得意，也不因为他从说戏先生变成别人的帮唱而有所抱怨。相反，他变得越来越随和，好玩。难生个子小，看上去就像一个老小孩，大家都爱逗他：'难生，口唱干了吧，到姑奶奶那里去喝口奶吧。'他也知道自己的缺陷，干脆扮演滑稽的活宝，有时候真钻到女演员怀里去拱几下，噼里啪啦挨过几拳头，供大家一乐。只有一次，有人问：'难生，你真的在娘胎里就能听到外面人唱戏？难怪你现在唱得这么好！'难生没有嘻嘻哈哈应和，而是说：'那可不是唱戏，是批斗人哪！'显得特别严肃。后来难生跟我透露，躲在布罩子里，狭小而封闭的空间，很有些像回到了母亲的子宫，让他感觉安全的同时又有一丝恐惧。恐惧的原因，是想到有一天他眼神不济，看不清小青竹的口型，或者感冒咳嗽，出现不明原因的失声，那可怎么办。所以，他还是喜欢走在阳光下，像只勤快的麻雀那样出去拉业务，等到晚上再回来安安心心看戏，那才叫享受。

"这是不言自明的，跟戏班在一起，只有像我这样自己不演的，才能真正做到安心看戏。而且，难生他白天黑夜都躲在那个布罩子里，活动受限，晒不到太阳，而且日复一日地沉浸在剧情中悲欢离合，尤其演哭戏，是真的动情地唱，对他的身心也是一种摧残。加上小青竹也年过三十了，一个女演员演花旦的黄金期眼看着就要过去，团长也在考虑这个问题，必须马上培养新人来接替他俩，把他俩解放出来。可是，戏迷们早已总结出我们这个团的拿手好戏，就是发现花旦小青竹演苦情戏演得特别好，唱得情真意切、如泣如诉，集艺婆剧团因此被人戏称为'苦情班'，很多人就是专门为听苦情戏而来的。只要哪天不演《昭君出塞》《合珠记》《西施泪》《秦香莲》《周仁献嫂》等，嗐，观众就少，甚至半途离座。

"多年前，人们的肚子填饱了觉得日子红火了，请戏班去表演大多是为了热闹热闹，表达喜悦。而如今，能自己掏钱花时间买票进来看婺剧的，才是真正喜爱婺剧艺术的人。这些人是真正出于精神的需求。他们觉得你这个剧团苦情戏演得好，都说看了集艺的演出，对于什么是缠绵悱恻、难分难舍，什么是肝肠寸断，才有了深刻的体会。一场大戏看下来，心里再多的郁闷都随着眼泪哗哗流出来，一出剧场心情就好了。很多人就冲这个来的。总之，这种情况下，难生和小青竹只有继续合作，戏中那些被观众喜爱的形象才能鲜活饱满，有血有肉，观众的情绪才能随着剧情起伏，陶醉其中，隐藏着感动……"

"所以，我们团就像一个人的回光返照，最后红火了两三年。这期间剧团挣了一些钱，每个人领到了让普通人羡慕的工资，小青竹和难生领到的比我们多，可以说他们的收入在整个金华都算高的了。但是我们也都看到，连轴转地演出，慢慢销蚀着这一对梨园搭档。小青竹脸上有了鱼尾纹，卸了妆形容憔悴。难生呢，越来越瘦了，出了布罩子人有点木木愣愣的感觉，似乎自己不是自己，始终没有从剧情中走出来。

"不能老是这么演下去呀，这个问题变得严峻，都知道。

"团长前后找了几个花旦。有的是公开招聘来的，有的是什么艺术学校推荐来的。她们进团，第一件事是签保密协议，不得对外说花旦由他人帮唱。然后，才能让她们试演我们团的经典剧目。效果都不好。因为这世上再难有难生那样的天赋异禀，那可是传说中的天籁哪！例如，同样一声'哎呀儿的娘啊'，当出现在《春秋配》的姜秋莲口中和《御碑亭》的孟月华口中，一般演员就唱不出一个是少女、一个是少妇的微妙，唱不出身份、境况的不同。不说这个，毕竟天赋是父母给的，就说在台上学小青竹吧，她们也学不好。别看小青竹身段相貌不如从前，可就她那股不卑不亢的傲气，那扎扎实实的演技，一般人也很难达到。比如说，中国古代四大美人的美体现在舞台上，杨玉环似乎会从她的美中透出一种娇贵感，貂蝉会有妩媚感，西施则给人以哀愁感，王昭君则因恨和番而产生忧伤感。离开了人物的思想感情和行动举止上的分寸感，是演不好戏的。更不用提难生过去为生活奔波，在磨难中练就的对命运、对人生的感悟力。没有这个，表演能力就上不去。于是乎，事情发展到了不得不解决的地步。

"好在终于找到一个从别的剧团重金挖来的年轻花旦，名叫菜花，她悟性高，既学得了难生的唱腔，又学得了小青竹的一颦一笑，一举手一投足，被认为是最有希望的'苦情花旦'接班人。可是她与难生和小青竹的组合交叉着唱了大半年，正在慢慢聚集人气的时候，不知道因为什么，跟小青竹闹起了矛盾，可能一山难容二虎吧。团长一时不知道怎么办，因为不论站在谁的角度，都有理。而且他也希望剧团将来有两个名角，一个不再红的时候，还有另一个顶上。结果两个人就这么僵持着，谁也不服谁，直到有一天，最不愿看到的事情发生了。

"团里突然接到一个通知，说市里什么领导要带省里的什么领导来看演出。这是从来没有过的事！为什么要选择看一个民营剧团的演出呢？我们猜不准。只能说明，集艺的名声已经传到了官方——如果这次演出能让领导满意，以后就会有更多上层人物来看戏，那么集艺在婺剧界的地位就更不可动摇了。可是演什么好呢？由谁来演呢？全团上下紧张得要命。

"剧目是先定下来的。经小心探询，市领导直接点戏《重台别》。我们也认为这部戏很合适，作为婺剧传统经典，这部戏具有爱国主义情怀，悲壮但不是一苦到底，因为在经历一番磨难后，恶行终被揭露，梅、陈两家沉冤昭雪，得以共庆团圆。而且这部戏的情节大喜大悲、人物命运大起大落，文戏武做的表演风格酣畅淋漓，会让人看得过瘾。那么剧中悲情人物陈杏元是让难生和小青竹的组合来演，还是让菜花来演呢？这个事情说起来就一句话，实际处理起来非常棘手。因为就身段、扮相而言，年轻的菜花无疑更招惹眼球，但是这么重的戏怕她缺一把火候。好在我就一箱管不用操心这个。反正剧团领导商量来商量去，最后决定还是由难生和小青竹来演。同时明确表示，鉴于省城来的领导年事已高，这次整个演出大家都得克制感情，不能让领导看了觉得平淡，但是又不能让领导看哭，演到心里感动、眼眶略微一潮，才是最高境界。

"小青竹和难生是聪明人，对团长的要求心领神会。

"经过紧张排练、再加工，反复试演，领导莅临指导那天，演出过程中掌声数次响起。但是！谁也没想到演至第三场'重台分别'，陈杏元在两国交界处遥望南天，大段抒发对亲人的眷恋、对故国的不舍之意时，我们听到台下照例有哭声响起，不禁寒毛直立！这时候，整个剧团就我能得空绕到台下去。我赶紧偷偷地来到观众中间，哪里有哭泣就蹲着身子悄悄地过去制止。观众哪管我这套，有的被我打搅气得朝我吐唾沫、踢我，我可真是急死了！我就差跪下求他们，别哭，别哭了好吗，今天台下有领导！直到这么蹲着，警惕着，哀求着，制止着，我看见坐在前排的领导当中，也有人掏出了手绢！我才意识到完了，砸了……

"这可怎么办，该死的驼背！你就不能唱戏不动感情吗?！你怎么就这么管不住自己的心呢！我找了个空位置，一屁股坐下，感到后果很严重，身子微微发抖。而这时的舞台上，戏已经演到第四场'出关跳崖'。这场戏将更麻烦，我都不敢看了。这是陈杏元做生死抉择的苦情戏。我那种自己想哭又不许别人哭的心情，真是难以形容！我就想，反正哭都哭了，人非草木，谁能控制眼眶一潮而不是眼泪哗哗流淌？去他妈的吧！哭吧哭吧，我就不管了，我就是个管戏箱、做面具的，我管得了别人的眼泪吗？我就不管了。我朝台上看去……顿时，人跟石化了一般！天哪——我跟这个团这么长时间，以前看小青竹表演总是在后台，看的是背影，这回视角不一样了，小青竹不愧是婺剧名旦，她的表演实在太美、太仙气了！

　　"小伙子，可惜你当时不在现场，而且你再也看不到那样精彩的表演了，我也看不到了。我这辈子不会忘记，当小青竹扮演的陈杏元拿到卢杞的通敌密书后，为了家国利益，她决心抱书舍身跳崖！……她双脚踮着，藤条因悬重而发生摇曳，身子也随着藤条有节奏地摇曳，这一系列攀藤凌空急旋转、摇曳等动作，全仗虚拟动作来演！尤其当她演到陈杏元为国舍身跳崖时，'宁轻生仿屈原，抱恨投江'，无限悲愤，全然绷在一根弦上。观众哭了，我也跟着所有人哭泣！

"我忍不住啊，小青竹演得认真、细腻，难生唱得悲怆、克制，可是越克制，越保持平静从容的气度，观众就越被打动。因为我们都真真切切地体会到了那种大美、大爱！我控制不住自己，我一个大男人，眼泪也像河水往外涌。可是，当我想到团长的话，说不能让领导看哭，说他血压高、心脏有支架，我就一下子凉到了底。这可怎么办，我看到领导们都哭了！我真是恨透了那些眼窝浅的人，因为他们的哭泣传染给了领导！我一下子变得六神无主，悄悄地回到后台，腿是软的，脑子是乱的。我感到又自责又后怕。这么重的任务，我怎么就完成不好呢，还自顾自地坐在观众席上看起小青竹的表演来，难道天天都看，还没有看够吗?！

"整个后台一片肃杀，人人噤若寒蝉，都缩小了一号似的。团长的脸色就像一块生铁，见我走进，恶狠狠地甩过脸去。我不知所措，心里很不是滋味，羞愧得紧。这时再跑到侧台去拍布罩子提醒难生改变唱法显然不可能，因为那个地方离观众席很近，而且难生已经唱得很克制了呀！剧中的任何一个角色，虽然都是由人创作出来的，可是一旦成型，他（她）就有了自己的生命，我们谁也没有权利削弱他（她），凌驾于他（她），不让他（她）有自己的喜怒哀乐，控制他（她）的哀乐到什么程度的，难道不是吗？虽然我是裁缝出身，可我懂。

"我就这么小心地想着这些乱七八糟的……突然，台下响起了掌声，经久不息，好像世界上所有的瓦片纷纷从屋顶上掉下来了，落在了集艺婆剧团。我朝台下望去，吓了一跳，所有人都站起来了！怎么，难道他们要冲上台，把我们都抓起来吗?!

"还好，原来这一场已经落幕了，观众们自发起立鼓掌，期待下一场开始呢。

"他妈的，搞什么鬼！

"终于，十一点半，整个戏演完了，演员们大汗淋漓，都出来谢幕了。谢天谢地，累了一晚上，终于可以休息了。

"没想到的是，领导们也上台了，他们之前虽然哭过，但这时都显得高兴！与全体演员合影时，那位省里来的领导还说了几句话，说，没想到一个民营剧团的演出能达到这么高的艺术水准，太了不得了！合影之后，该领导还特意从演员堆里找到小青竹，握过手，说他很久没有听到这么动听的嗓音、绝无气馁音懈的唱功，唱腔从传统唱法中来，但又无一腔照搬传统，而是以自己的理解，唱出了陈杏元的灵魂，唤醒了我们每个人的爱国情怀！

"这个领导显然是个内行，据说他是从省内什么绍剧班一步步走上仕途的。真乃集艺婺剧团之大幸也！因为得到了他的赞誉，那天的演出盛况出现在了本地电视新闻上。几天后，团长高兴得放假半天，在酒店举行庆功会。然而世事难料，就在大家夸赞这次如何通过克制的表演，为人物塑造添上了亮丽一笔时，有人发现新来的花旦——菜花——把香槟酒倒到地上甩门而去。更要命的是，半个月后剧团又收到一个通知，让小青竹偕《重台别》原班人马赴上海角逐金蔷薇戏剧表演艺术奖，由市文化局领导带队。

"省里的领导当然是为了婺剧的发展着想，没有他的推荐我们还没有资格直接去参赛呢。可是我们都知道，到了上海，难生的帮唱不可能进行。"

八

那是一个非常漫长的下午，时间在丧葬用品店里半死不活、踟蹰不前，淹没在丧葬用品中的老男人的讲述时而低沉时而激愤，只有一次，娓娓的讲述被几个哭红了眼睛的人打断了。他们进屋是为刚刚离世的亡者购买花圈、寿衣、寿被、纸扎楼房、玉石骨灰盒，还要为亡者刻一副石碑。本来绍飞见那男人忙于做生意，准备悄悄离开了，但是听说要刻上"慈父刘难生之墓"，又莫名地留了下来。这个名字让他想到了驼背张难生。张难生是生的时候生不下来，刘难生、陈难生呢？他们也在娘胎里经历了类似的情况？还是"难生"类似"狗蛋""阿猫"，取个这样的名字有好养活、经得起摔打、经得起磨难之意？那几个人在为亡者购置了活人所能想象的亡者到了阴间可能会用到的所有生活必需品，走的时候已经不那么悲伤了。

男人说："佛言：'人离恶道，得为人难；既得为人，去女即男难；既得为男，六根完具难；六根既具，生中国难；既生中国，值佛世难；既值佛世，遇道者难……'——佛共讲了九个难。'人离恶道，得为人难'，说的是人能离开地狱、饿鬼、畜生这三恶道，出生做人，是不容易的……就算出生做人，但是有的人一出生是个瞎子，有的是个聋子。具体到张难生呢，脊柱变形、胸椎后凸，想长大长不大、想站直站不直。然后呢，就算你六根既具了，生中国难。这个中国是以中心的意思来讲的，南方人叫蛮子，北方人叫狄人，东方人叫夷人，西方人叫戎人，所以这里指的是人烟密集、文化发达的、文明的地方……"

绍飞非常后悔留下来多了一句嘴。据男人讲，自从他做了为死人服务的职业，就开始信佛了。这会，他结合"难生"二字啰啰唆唆讲了一通半懂不懂的佛学知识，绍飞几次想站起来走掉又怕失礼。因此，当男人再说到驼背的时候，绍飞已经对之前的故事丧失了兴趣。而当他把不耐烦表现在脸上的时候，男人显然察觉到了。于是，他的讲述开始变得粗糙潦草。据他讲，当年为了送《重台别》赴上海参赛，团里既不敢说不去，又想不出解决的办法。历经种种，终于成行。然而到了实地，发现在家里演练的办法并无法实现帮唱，大家沮丧不已。因为作为展演场地的思南大剧院，舞台上下压根没有驼背藏身之地。这时候有市里的领导跟着，省里的领导也在（全省仅选了三个剧团来参赛），想撤回都找不到理由。

"团长不得不打电话给菜花，让她速买火车票来上海，这也是来时想好的第二方案。不承想，这女人临到关键时刻不答应，说你们不是有当家花旦、那著名的苦情公主吗？团长说，你别给我废话，是她为你创造了角逐金蔷薇奖的机会呢，现在她把挑大梁的机会拱手相让了，你还有什么想不开？你真有本事，就来上海滩一显身手载誉而归吧！菜花放下电话，暗自高兴又忐忑不安，其实她心里清楚，论表演功力她不敌小青竹，论嗓音条件她不及难生。她顶着压力一个人在集艺排练厅练了一天，到了晚上才坐上了火车。从金华到上海坐火车将近六小时，到上海时天蒙蒙亮，她在冷风中等了半小时才打上出租车向剧团所在的招待所驶去。在路上，她感到头疼、喉咙剧痛。到了招待所，团长赶紧让她参与排演。作为集体演出，个人表现的好坏直接影响大家的成绩，她自然不敢怠慢。可是，她的嗓子坏了，唱出来的音很难听。

"'你怎么回事！'团长大发雷霆。

"'我也不知道，夜里火车上很冷，可能着凉了。'

"'你说说，晚上就轮到咱演了。养兵千日用兵一时，你知道不？'

"'那怎么办啊！'菜花一副哭相。

"团长扭身看我在边上站着，就让我带菜花去医院看急诊。做过喉镜检查，医生说是声带小结，上呼吸道感染，配了一些药。回来后菜花继续排练，病情继续加重，嗓音嘶哑。团长焦头烂额，不得不放弃菜花，重新让小青竹上场。这中间，小青竹已经排练了两天。大伙也想了在难生无法藏身舞台的情况下，能否让他躲在后台完成帮唱。刚好市文化局领导不在，他们试了几次效果。虽然在看不到小青竹口型的情况下，整段唱词起唱后基本能对上，但从哪个节点开始起唱两人全凭感觉无法做到默契。因此，《重台别》只能由小青竹自己来唱。

"可是，自从那年难生第一次挺身救场，这一路走来，小青竹已经有两年多没有唱了，或者说她虽然也在唱着，但是她的音已经很久没有接入扩音器播放出来了。她对自己重新亮嗓已经自卑。但是这次必须顶住压力勇敢面对，完成任务。困难面前，剧团人表现得很团结，大家跟着难生为她加油，指出她的演唱需要改进的地方。等到下午，小青竹已经基本恢复她自己原本的演唱水平。"

"黄浦江边的思南大剧院，是上海最有名的大剧院，是规模宏大、金碧辉煌的艺术宫殿，一个地方小剧团能进思南去展演一次，不论能否得奖都是荣幸之事。剧场内观众席分上下两层，起码有上千个座位。我们等到五点半，下午场的观众散场后才准许进入。我作为剧务之一，赶紧上台布景、摆放道具，演员纷纷上台熟悉环境。幸好小青竹事先做了演唱准备，因为这舞台非常先进，压根不需要无线话筒采集声源，这里是无法转接别人的声音进扩音器的。

"时间到，演出开始了，人声鼎沸，座无虚席，演员一上场，伴随雷鸣般的掌声，让人两腿发软。我们剧团从来没有在这么高规格的地方演出过。更何况，在观众席最佳位置上，还坐着评委、专家、上海方面的文艺巡视员和各省带队领导，包括我们省的那位管文艺的领导。第一场，之前在集艺婺剧团听过难生帮唱的人的耳中，小青竹的演唱当然逊色一筹，但是她的表演认真可以加分，她的演唱中规中矩，在首次观看我团《重台别》的人眼里，全剧从第一场戏开始情感基调就起得很高，从大悲到大喜，一上来又是全体跪拜祭忠良，又是忽然梅花二度开，很快调动起了观众的情绪，以至于开场不久就赢得了掌声。如果照这样演下去，本来是很完美的一次表演，且不管能否拿奖，或那位省领导有否察觉两次演出的差异，至少观众认可小青竹精湛的表演，展演任务能完成。

"但是随着时间的推移，演到第二场时，奸贼卢杞来传达圣旨，陈杏元对他有一段痛骂，这是第一个小高潮，不料小青竹的嗓子开始跟不上了，使了全力才将陈杏元胸中强烈的情感抒发出来。结果演到第三场的时候，陈杏元和梅良玉的婚姻被拆散，两人在重台分别，她已经无法再将悲情往上推，因为她的音域已经到达极限。而同样的剧情，如果换作难生来唱呢，说不定台下早已哭声一片。小青竹显然也发现她的演唱没有打动观众，想必是她越想唱得有感染力，结果越发唱不上去，以至于唱到紧要处，出现了第一次失声。好在上海到底是大城市，观众素质高，见演员出现小小的失误，给予了掌声鼓励。接着，剧情照常往下发展，演员们通过努力的表演，乐手们以独特的锣鼓声韵，灯光师配以层出不穷的情境变幻，开始向着全剧的最高潮部分——陈杏元跳崖——冲刺。

"这一场戏是最难演、最难唱的。在金华，小青竹和难生正是通过这场戏，以及天衣无缝的演与唱，征服了省城来的那位领导，《重台别》才有机会来沪展演。此刻全体剧组人员都在为小青竹担心。在后台，无法帮唱的难生抓耳挠腮，不敢看，每次听到失声走调，就狠狠地掐自己的手臂，已经掐得乌青。团长因为紧张，汗水打湿了后背的衣裳。嗯，这整个剧在编排上是先天不适合小青竹唱的，因为这是一个将悲情不断地往上推的剧，要将人物命运一直推到悬崖上之后才出现峰回路转。所以有了前三场的情感铺垫，到了第四场如果演不好，陈杏元为家国跳崖的激愤和壮烈就表现不出来。但是这么想的时候已经晚了。我们担心的事情发生了。小青竹不但在陈杏元看了卢杞的通敌密书后于高亢中唱不出欲哭无泪的哀怨，掌握不了满腔激愤中要讲究克制的技巧，而且在怀着书信跳崖前的关键唱段中再一次失声，完全找不上调子，就像一个人被刀子断开了气管，漏气……

"这时候的失声，观众倒是没有太在意，因为决心跳崖的人内心挣扎无疑是强烈的，声音失常让人误以为是塑造人物的需要呢。可是评委、专家一定听得出来。那时候，我们的真实心愿就是希望快点结束表演。可是鬼才知道怎么搞的，她在表演本应最出彩的'攀藤上崖'时摔了几跤。这本来没什么的，攀缘的过程可长可短全靠演员怎么演了。可小青竹呢，因为无法完成手抓藤条凌空急旋转的虚拟动作，旋转一次摔一次。我想，一定是这意外的几跤，把她这两年来的好运摔没了。最后，她终于攀上了悬崖（一张高腿的桌子），却在完成高难度的'跳崖'动作时没有完成好，头先着地，扑通一声倒在台上。这段戏是我一生中看得最惨痛的一次。摔下后，她迟迟不起来，按理说还要演几个挣扎和'浮水'动作的……

"我们知道坏事了。她是真摔死过去了。当悲壮雄浑的音乐响起，我们赶紧把这一场结束的帷幕拉上了。"

"小青竹醒了过来，第一个动作就是要翻身'浮水'，仿佛要接着演。当她发现是在医院病床上，头上敷着冰袋，直接就崩溃了，号啕大哭。我们都安慰她，上海的观众特别好，落幕的时候都被陈杏元的爱国情怀感动了，不少人哭了。事实上，事情是非常糟糕的。

"'我的戏演完了吗?'

"'演完了。'

"'谁演的?'

"'这……'

"她整个人在发抖，泪流满面，我真的没有见过以往在众人面前特别要强、孤傲的她，像一个无助的小孩那样哭泣不止。我们都劝她不要哭，头摔伤了，需要静养。她说当时一走上台，就有一种预感，场面太大，自己太紧张了，演不好，但是也没有办法。我们都说，失败并不可怕，坦然面对失败才是英雄，谁成功的路上一帆风顺呢? 她就不再哭了，只是情绪低落。我们叫来医生，医生告诉她CT检查结果，颅内没有出血，但需要观察至少24小时才能确保安全。问她现在头还晕吗? 她没有说话。

"我得赶回剧院，去收拾戏服、道具，办托运。剩余时间交由难生留在医院继续照看她。在上海多住一天就得多花一天钱哪，其余人得先回金华。一路上，那个作为带队的市领导沉着脸，不说话。团长坐在他对面，如坐针毡。到了金华站，那个领导跟我们分手时才说了一句：'这次你们努力了，出了事故谁也不希望。运动员去参加奥运会，很多人连决赛都进不了。中国足球队不就哪儿都去不了嘛。回去好好休息吧。'话虽如此，但这事对剧团的打击是致命的。据说，省城那位领导看了小青竹错误百出的表演当场就生气了，气得面色发紫，手颤抖不止，甚至出现心悸胸闷等症状。要不是这位市领导及时发现，赶紧将他送往宾馆吃下降压药，又说尽好话，说不定要全省通报我们剧团拿展演当儿戏。好在这事情没有发生。

"但是，若干天后一条新闻的出现，彻底打破了平静。那时候，集艺婺剧团已经停演数天，小青竹也已经从上海归来，剧团正准备恢复演出。然而，上海一家著名文化报纸上登了一篇《婺剧演员接连失误 被看好〈重台别〉铩羽而归》，将我们推下了悬崖。那新闻谁写的，为什么就不能放过我们呢，这不重要。重要的是，该报纸发行非常好，金华的报刊亭都有卖，这就没法把事情捂住了。金华本地记者一窝蜂地拥向了剧团。团长能说什么呢，只能承认'由于演员身体不佳'演出失败。该死的是记者回去后并没有照着写，而是提出了更多疑问。眼看小青竹靠难生帮唱的事情要被揭发，团长越想越害怕，这事弄不好会被吊销演出许可证的。那几天也不知道他花了多少钱，托了多少人求了多少情，这事才没有继续发酵。

"但是在坊间，一定传开了这个不能示人的秘密。小青竹最红的时候，每次来剧团都有忠实的戏迷守在门口台阶上等着与她签名合影，如果去某个服装店买衣服，一旦被店主认出来，那家店会以此为荣。现在呢，一个等着她要签名的人都没有。那些曾经求着团长带她去享用山珍海味、给她包红包的老板，也像气泡一样消失了。剧团内部呢，为了保险起见，那段时间不敢让难生继续躲在布罩子里给小青竹帮唱了。团长给小青竹放了假，让她先避一避风头。难生呢，先跟着我做剧务、打杂。正是那时候，我跟难生接触得比较多。有事没事，他会跟我说说他的过去。我偶尔提到小青竹，他就跟丢了魂似的。

"他说，在之前的那个剧团，小青竹的表演就很出色，他一直喜欢看她的扮相和表演，在后台经常跟着哼唱。但是由于种种原因，他跟小青竹私下的交往并不多。那时候他是带班的，带着剧团日夜奔波，整天想的是怎么让剧团有戏演。直到剧团因为出事要解散，他才发现很舍不得小青竹离开剧团，可是能有什么办法呢，他已经欠了很多债，不能再耽误大家的前程！那时他非常伤心，并不知道还有一天能再次见到小青竹。对于他来说，之后能在一个戏班再次遇到小青竹，并且能一起合作演出，赶上她最好的时候，见证她最动人的样子，无疑是人生最美好的时光了！

"可是小青竹在经历失败后，就像换了一个人。当她回到团里，已经无法再用美丽且心高气傲来形容了。她在那个月白了很多头发，肤色很不好，有了发乌的眼袋。至于脾气就变得更怪了。这时候团里幸好有菜花顶着花旦的角色，这个年轻有活力的姑娘，演技、唱腔不能说有多么好，只能说能中规中矩、不出差错地把戏演完。嗨，没有了小青竹和难生，没有了音色纯净的嗓音，听不到耳熟能详的唱段，看不到炉火纯青的演技，来剧场看戏的人跟以前就没法比了。团长也曾让难生给新聘的花旦帮唱，然而缺少了可供声音依附的小青竹，缺少了激发他情感冲动的小青竹，他从此不再演唱，就算唱也唱得很勉强，完全没有从前的味道，情深意切就更唱不出来了。我在那时才发现，这个小罗锅是一直喜欢着小青竹的呢。难怪他愿意躲在布罩子里做一个隐形人！

"好在瘦死的骆驼比马大，虽然名角不再、偶像坍塌了，剧团凭借之前积累的名气，总还能维持运转。团长当然是希望再创辉煌的。团长说，小青竹啊，风总算过去了，你准备什么时候再上台啊？小青竹不理人，仿佛所有人欠了她很多债。小青竹又什么不干玩了一个月，团长又问她。她还是不说话。团长苦口婆心，说，就算被人知道花旦一角是两个人的组合又怎样，说不定这会是你俩走向新成功的'起霸'呢。事已至此，我都不怕了你还怕什么？干脆把幕后的人也借势推向市场得了。团长的宽容让人感动。可是小青竹呢，不懂得爬杆子上架，还以为自己是大腕呢。她来一次剧团，所有人都紧张一次。因为她一天到晚猜忌，对那'丢人的事'耿耿于怀，说剧团去上海演出，从头到尾是一个阴谋——经过她的一番梳理，这事的前因后果的确像一个阴谋——那就是有人嫉恨她，想废掉她，逼她在大庭广众之中出丑。至于这人是谁，不用说大家心里清楚。

"她恨透了菜花，因为从她的角度看，菜花只有毁了她才能霸占整个舞台。她就很委屈，当初菜花刚进团不到半年，还是她主动让出舞台的一半给菜花排大戏的，还指导过她表演不到位的地方，人怎么可以忘恩、得寸进尺到陷害梨园姐妹呢？于是她处处刁难菜花，有你没我，有我没你。菜花也觉得很委屈，剧团接到通知去上海，跟她有什么关系呢？她去上海的路上确实生了病，导致声带小结有医院诊断书为证，绝不是她故意不顶替她上场。再说，在上海演出失误的事不是已经过去了吗？现在集艺的舞台随时欢迎你回来呀！——简直没有比这更恶毒的攻击了，在小青竹看来——为此她大闹剧团办公室，打滚撒泼。

"嘻，我之前还说剧团是讲情讲义的地方，是不是？可是现在，什么情义什么大美大爱，都被这两人搞得乌烟瘴气了！我们从中做工作，希望她俩能和睦相处，大伙都觉得这样搞下去将两败俱伤。难生也去做工作。难生当然希望小青竹还能回来，他继续做她的帮唱。这样他俩就又能朝夕相处了。但是，唉，于事无补。小青竹真是太倔强了，这样的性子注定是长久不了的。俗话说，先出的眉毛不敌后出的须，这回菜花发威了，说，这苦情戏我还不乐意演了呢！每天把自己搞得凄惨惨的，你以为能赚取观众眼泪就是成功吗？得，我改戏路行了吧！菜花说干就干，她带领剧团演起了《僧尼会》《十五贯》《双喜临门》《王婆骂鸡》《湘子渡妻》等，不料，大受年轻人欢迎……就说《僧尼会》吧，剧团聘请了一个丑角，他扮演的小和尚活泼调皮，吐舌头、扯嘴巴、甩佛珠，背菜花扮演的小尼姑过河时夸张的表演逗得观众前仰后合，笑出了眼泪——以至于因为这种改变，不知不觉，台下已换了一批观众。

"总之，这事闹到最后，在小青竹眼里，每个人都有可能揭发她，陷害她，或者看她的笑话。甚至连难生也难逃指责，被骂成叛徒。而且，当初她跑到歌厅唱坏嗓子，本就想永远地脱离戏子的命运的，正是难生想出了帮唱这个馊主意布下了陷阱，害了她——就像是，她被难生附体了，他用声音控制了她，抽干了她——面对误解，难生偷偷地哭。在小青竹面前，他特别自卑，又由于过于自卑反而表现得过度自尊——他从不流露丝毫的爱慕之情。所以，在那些唱苦情戏的日子，他那苍凉、悲苦的唱腔，有他对这段感情的痛苦、绝望也说不定。

"眼看着小青竹越来越不合群、心境郁郁，难生爱莫能助，常常为她喝闷酒，我给他安排工作也不好好干。有一天，难生走了。走的时候没有跟任何人说。后来发现，他和小青竹住在朱咀头精神病院附近三间租来的平房里。难生隔三岔五要带她去医院拿药、看病。据说小青竹已经患上重度抑郁症，悲观厌世，甚至几次欲投江，都被难生救下了……小青竹有感于难生对她的情意、照顾，对他的态度慢慢地有了很大的改变，可以说两个人相依为命。据说，经常地，能听到从那三间平房里传出唱戏的声音……"

九

绍飞出了巷子，天已经黑透了。他感到这一天过得有些莫名其妙。感觉整个下午就像一直坐在张难生录像厅看情节曲折跌宕的录像，现在录像结束了，屏幕上出现雪花，重回到庸常的现实了。更何况，刚才待着的地方，一离开就感觉一间鬼屋似的，他不敢回头看，那是阴气多么重的地方！"那个花旦呀，后来也栽了，不是栽在舞台上，而是被人包养了。那包养她的人，养着她，不许她再上台。那剧团，后来再没有找到能立起来的花旦。其他角色呢，老生、小生、花脸、武生，也不行。当然，不是说他们全不行，而是整个行当面临……"

绍飞走到已经夷为平地的菜市场附近，空落落的心突然被什么塞得满满的，堵得慌。他没有想到驼背在彻底落魄之前还有这样一段传奇般的经历。这段经历超越了他作为"说戏先生"所有的成绩。而驼背却有意将这段经历隐瞒了，在受伤住院的日子他没有说，在和舅舅喝酒聊天吹牛的日子也没有说。可能，这段经历太让他伤心了，他和小青竹的组合奇异绚烂，其光芒如烟花绽放又消失，这经历一定比他在遂昌的云落村遇到恶鬼纠缠伤心百倍！

最后，驼背和小青竹是怎么结束不明不白的关系的，这关系是从什么时候开始的，是从驼背在上海的医院里照看小青竹开始的吗？还是根本就不存在人们想象的那种关系，他和小青竹住在一起只是为了方便照顾她？那么她后来康复了吗？驼背为什么再没有提及她？他是在什么情况下来找这位梨园兄弟租房子开录像厅的？……那男人没有说。事实上绍飞也不想接着打听。驼背的人生，已经那么清晰地展现在他的脑海。这是一个悲情人物，更是一个传奇人物，虽然落魄到连录像厅都开不下去，但是在绍飞的心中他配得上"人杰地灵"。此刻，这个需要绍飞重新评估的人物，仿佛又出现在了面前，仿佛就走在尘土飞扬的外环路上，穿着松松垮垮、下摆晃晃荡荡的西装，要带绍飞去找工作，他那样子既卑微又庄重……

回到装裱店，绍飞躺在天花板下面，一边回想着驼背的人生轨迹，一面感慨自己这碌碌无为的日子，感觉自己如此渺小——相比驼背的奋斗历程、命运的起起落落，绍飞觉得自己的人生就像一张白纸。他想，一个人得遭遇多少磨难，通过多少努力，走过多少坎坷路，才能获得一次烟花绽放般的辉煌？尽管现在驼背落魄了，但是在绍飞心目中，这个来自山乡的畸人不再那么矮小丑陋了。英雄是什么？就是能够对自己的过往承担责任，能够有勇气从人群中站出来。这番话好像是《英雄本色》里的一句台词，又好像不是。有什么关系呢，驼背就是这样践行的人。他和小青竹无疑是弱小的，却又是倔强的。难道不是吗？两个人相互欣赏，当他们一个在台上演、一个在台下唱，才能合二为一，才能懂得彼此的每一个眼神、每一个转音，做到默契，心领神会……

无奈！他们没有迈过比赛展演这一关……

绍飞想着这些，翻来覆去睡不着。为此，他计划抽空去驼背曾经带他去过的塑料厂、饭店等地方，看看他会不会在熟人那里谋份差事混口饭吃；又想着去舅舅那里坐坐，把驼背已经离开了东关、无着无落的消息告诉他，看舅舅能不能帮帮他，可是总也抽不开身。因为临近元旦，装裱店生意兴隆，白天工作忙的时候他要干活，等晚上闲下来他要守店。尤其天冷了，一到黑夜冷风飕飕，绍飞有些怕走远路。这样过了一段时间，直到年关临近，绍飞才请假小半天去找舅舅，想问他什么时候一块回家。不料工地上看大门的大爷喊住了他，一问才知道前阵子舅舅出事了。

"那个树田呀，早不在这里了。因为赌博跟人打架了，好像拘留了的。"

"啊！"

"老在这里喊苦，做一天和尚撞一天钟。"

"谢谢您了。"

"你走吧！"

绍飞费了一些波折，就近找到一个派出所，却没能见到舅舅。一个穿制服的女人说：无论行政拘留刑事拘留，执行后家属都会收到拘留通知书；如果是行政拘留，人在拘留所，应该去那里找；如果是刑事拘留，人在看守所，除律师外家属去了也见不到人。绍飞红着脸说，他不知道是行政还是刑事，只知道因为赌博打架。

玻璃窗里的人就扭过头，不理他了。绍飞也不敢多问，悄悄地走了。

剩下来的日子，绍飞就像丢了魂，他一面等着丧葬用品店老板打来电话，告知驼背归来的消息，一面等着舅舅拘留归来，到装裱店来找他。等到腊月十九，绍飞忍不住又去了一次东关。走进老巷子，那个录像厅已经变成像样的旅馆。据巷子口开饭店的老板说，那房子改开旅馆后生意比之前放录像好多了。绍飞又去了丧葬用品店，见到是他，昔日的剧团箱管像上次一样热情。绍飞问驼背回来取东西了没有，他说没有回来过。叹一口气，又说，他有手有脚，总不至于饿死的。

绍飞有太多话想说，但是看着满屋的花圈、纸钱、香烛和骨灰盒，似乎说什么都变得多余。人都是要死的，或重于泰山，或轻于鸿毛。绍飞不记得这是在语文课本上学的，还是在装裱店看戴老板练书法时写过的。

"他要是回来取东西，你就给我打这个电话。"绍飞从口袋里掏出了一张戴老板的名片，上面有装裱店的电话。"嗯哪，这电话你上次就给过我了。"丧葬用品店老板说着，随手把名片放在一套寿衣上。

"那我走了。"

"等等。"那男人似乎想起了什么，"我带你去个地方吧，我上次在那里听到一盒磁带，好像是张难生唱的。"

"好！好啊！"绍飞因为之前听他赞美驼背嗓子如何好、如何救活一个剧团的事，心中一直好奇，跟着出门的时候竟有些兴奋。他们来到一个老年人活动中心。里面人不多，三五张油腻腻的桌子，五六个灰扑扑的老汉，围坐在离彩色电视机最近的两张桌子旁。绍飞判断不出他们看的是哪一部戏，仅仅能断定是婺剧。

丧葬用品店老板问："你们好啊，上次在录音机里听的那盒带子，在哪？"

那几个老头淡漠地嗯啊两声，继续看屏幕。

"录音机坏掉了，还是看录像带吧。"其中一个说。

"录像带哪来的？有集艺婺剧团的带子吗？"

"嗨，从音像店买的《昭君出塞》，剧团和演员名字在后头呢。"

"嗯。这布景一看就不是集艺婺剧团的。"

"嗯哪。"老头们再也不愿搭腔了。

丧葬用品店老板找到一个纸箱，想找他说起的那盒磁带，可是翻箱倒柜找不到。问那几个老头，有说被人拿走了。这时候，闲着的绍飞倒是被屏幕上的表演吸引了。绍飞太长时间没有看古戏了，哪怕是在电视上，也没有投入地看过。也不知道那天是因为心理暗示，还是婺剧的腔调原本就好听，与小时候看戏的感受相比，完全是两种境况。此刻，剧中正在演的是昭君"抚马痛哭"唱段。只见昭君一行来到分关，问："来此哪里?"随从答："过了分关，便是北国。"昭君一听，唱道："呀，人到分关心绪乱! 呀，我可真要去做外邦人啦!"一时使她心乱如麻，朝身后望不见的家乡唱道："爹娘呀! 孩儿如今别了你，不知何年何月何日何时才能重相见。我那爹娘呀!"接着她的坐骑突然前蹄昂起，要向身后奔去，随从上前勒马、打马，马嘶! 马不肯走，加鞭，还不愿朝前走——这一系列动作，全靠演员模拟，演绎得真有一匹活马在台上乱蹦似的。

绍飞正沉浸在剧情中，只见昭君一个双抛袖式，扑在马身上抚马泣诉(唱)："慢说道人有恋国之心，那马儿岂无恋国之心，何况人乎!"不料丧葬用品店老板打断了绍飞的思绪，对他说："嘻! 这带子唱得太白了，走吧! 要是你听过难生唱的，嗯，这样的，你就听不进去了。"绍飞只好跟着那人离开了老年活动中心。尽管没有听到驼背演绎的唱段，但是昭君"抚马痛哭"的场景每每掠过脑际，其悲壮、苍凉的滋味便涌上心头。这时，绍飞便不由得怀念起小时候看过的其他懵懵懂懂的剧情来了。

"要是驼背还能带戏班去山乡演出就好了。"他想。

绍飞开始盼着回家。舅舅带他来金华快一年了，中间竟然没有回去过。不是没有机会，而是想到回去一天又要急着赶回金华，公路不能通到吴村，就觉得非常麻烦。再加上自从有了稳定的工作，他其实已经不经常想家了。然而年关到了，当他特别想回家时，装裱店迟迟不放假，加上春运高峰期他买不到汽车票，结果拖到年三十那天他才回到吴村。

这次绍飞还是感到晕车，虽然这个时候车站里上车的人少了，但是途中上车的人还是很多，不断地有人上有人下，汽油味熏得他恶心。幸好没有吐，要是吐在别人身上可就麻烦了，因为多数从城里回去的年轻人，已经穿上了新买的衣服，一个个打扮得很"老板"或者妖艳。

随着汽车驶过大半个平原，越来越接近黛青色的山脉，绍飞有些伤感起来。他回忆起自己在城里是怎么挺过来的，竟然发现这段经历其实也不容易：从躺在汽车站走廊度过的第一夜，到寄宿张难生录像厅，到找工作；从对金华完全陌生，到熟悉每一条街道，到学会用普通话加金华腔与人交流，到拿起球杆跟城里人打台球；这过程，他总被一种自卑笼罩着，只有远离城市回到大山，他才渐渐自信起来。但是，当他提着大包小包一走进村子，跟盯着他看的村里人打招呼时，又突然变得胆怯起来，以至于见到父母的那一眼，绍飞心里突然一酸。

是的，他没有想到他跟着舅舅出来能在金华找到工作，父母也没有敢这么想，他们看到绍飞出现在门口，都愣了一下，继而妈妈擦起了眼泪。绍飞拘谨着，坐在八仙桌前吃了妈妈做的点心，心才慢慢放松下来。只是舅舅没有回来，被问起时他有些难过。关于舅舅的下落，他只跟父母悄悄说了，连外公都没有告诉。绍飞只跟住在他家的外公说，舅舅在工地上做工忙，连过年都要加班。他把自己给外公买的礼物，说成是舅舅让他捎回来的。

这一天的剩余时间，绍飞就坐在灶台后面帮妈妈烧火。烧着烧着，炉膛里火焰摇曳多姿、噼啪作响的样子，让他想到了演戏的舞台，那摇曳的、攒动的、深浅不一的火苗，就像舞台上的演员轻挥水袖、娉娉袅袅地表演……当一把火热气腾飞，越烧越旺，燃尽的时候，炉膛里就变得黑洞洞的。

"你不出去走走？"妈妈看他发呆，"我让你爸来烧火。"

"村里好像没什么好玩的了。"

"那是。你长大了嘛！"

"是。也不是。"绍飞在心里说。

绍飞也不知道是不是在城里待久了的缘故，发觉自己就像不适应城市的喧闹一样，同样不适应村里的冷清了。这一天，除了家家"谢年"时放了爆竹，年夜饭过后村子安静得可怕。街上没有小孩跑来跑去，没有粗声大嗓的男人站在桥头说着正月戏班来了怎么安排，没有哪家设了赌局里一圈外一圈站着看赌博的人，更没有年轻人点起篝火唱起歌跳起舞。天黑了，大人小孩都守着电视机看联欢晚会，因为看的是黑白电视机，舞台显得灰暗又逼仄。绍飞独自来到屋外，他回想起小时候在这个辞旧迎新的晚上，小伙伴们玩得多么疯，村里多么热闹，等到正月戏班来了，远远近近的山民因为看戏聚集在一起……那是驼背带来的戏班给山里人带来的喧闹与欢乐。现在呢，谁都自顾自、关起门。正月请戏班？没有闲工夫，也不再有当年的渴盼。在外面有工作的人回来了，想的是初六或初八过后就出去，没有工作的呢，蔫头耷脑，觉得就自个走不出去，没出息。

　　正月初三，绍飞去井下村的姑姑家做客。姑姑一个劲地用绍飞在金华找到工作的事例教育表哥。绍飞红了脸，拐弯抹角地问起张难生有无回家的消息。姑姑太长时间没有关心这个人了，说驼背呀人小本事大，早就在外面挣了很多钱，在城里买了房娶了妻，他几乎不回来，怕人向他借钱吧。绍飞的脸又红了一下，不敢说他和舅舅去年进城就是投奔驼背去的，怕姑姑反过来问驼背的实际情况。

"驼背家现在，还有人在吗？"

"有啊，他爹娘过世了，家里的兄弟，只有一个娶了老婆，"姑姑摇摇头，"兄弟几个关系不好，老吵架。分家时，都没有给驼背留一间房子。他回来干什么呢！"

绍飞想想也对。

再回到金华，有一天，舅舅突然来了。他找到装裱店，一身落魄，像一只丧家之犬。绍飞带舅舅到隔壁拉面馆吃面。舅舅骂骂咧咧的，说："什么拘留呀，我是被一个老千骗了，骗到义乌去了，给人白干活。"绍飞看看舅舅，人瘦了很多，头发理得很短，脸上有伤。"干了两个月，工资一分拿不到。他妈的，前两天才逃出来。"绍飞正要说驼背的事。舅舅说："不过我在义乌还看到张难生了呢，在一个批发市场门口擦皮鞋，他妈的，这是怎么回事呢？他这是怎么了，落到这步田地了？！"

"哦……？"

"我眼神好，老远就看到了他，尽管他戴个鸭舌帽，但是那罗锅的形状我认得。我就走过去，也不知道是不是他也发现了我，我走着走着——人真他妈的多——怎么就不见了。我后来想想，他可能怕见我。我呢，这蓬头垢面、破衣烂衫的，其实也怕见他。就走了。"

绍飞心里一阵难过，舅舅的讲述会是真的吗？还是舅舅看错了？

后来，就没有了驼背的任何确切的消息。或者说，所有消息都可能来自道听途说。那几年，有人说在东阳看到过他，说他在什么影视基地门口扮武大郎，挑一副担子，与人合影收十块钱。有人说在杭州西湖边见过他，他蹲在断桥上唱着婺剧《断桥》卖地图，很可怜。绍飞不知道这些消息是真是假。总之，说这话的人无一例外是从山乡出来的，他们在外面找到好工作或者到什么旅游景点玩了一趟，心里高兴，过年时有人说起以前有驼背带戏班来村里演戏如何如何热闹，然后就有人说"驼背倒霉了你们还不知道吧"，然后又有人说"难怪我在什么地方看到驼背了"——驼背从山乡红人变成了倒霉蛋，这事传开后竟成了山乡人经久不衰的饭后谈资，仿佛驼背本该如此，取得成功反倒让人奇怪。

对这些消息，刚开始流传时绍飞经常相信，后来半信半疑，觉得这些人说什么驼背出现在某某地方，就像炫耀"我在某某景区刻了'到此一游'"，仅仅是炫耀自己去过什么地方的噱头。可能他们只是在人群中看到了一个长得像驼背的畸形人，印象深刻罢了。谁知道呢！

有一天，绍飞正埋头干活，装裱店老板娘穿得大红大绿的，脖子上挂金项链，手上戴金手镯——自从装裱店挣到了钱，她就不再给老板和绍飞做饭了，有空就跟姐妹们出去购物、游玩——非常骚情地走到一堆木框跟前，突然掏出来一把瓜子边嗑边跟绍飞说："阿飞，你们山里佬凑在一块老说的那个什么驼背，我也见到了。"绍飞一听又有人说驼背的消息，心里有点排斥，尽管他是很想知道消息的。

"我这次到上海玩了一圈，上海可真是洋气哪！外滩上都是西式洋房，真正的十里洋场哪，侬晓得黄浦江一侧的东方明珠、金茂大厦哦？不光在上海，在世界上也名列前茅的。东方明珠刮刮新，老高的嘞……塔内有太空舱、旋转餐厅……"

绍飞没有耐心听下去，拿起刷子蘸了糨糊继续装裱。

"那驼背在一个剧院门口唱戏呢，坐在小方凳上，手拉二胡，咿咿呀呀的，地上放一只不锈钢碗，唱的是讨饭戏。"

"讨饭戏？"绍飞听了心里一震，"不会是《重台别》吧？"

"嗯。有点像。我就记住两句：'马上驮鞍路途遥，此心耿耿恨迢迢。愁绝界河风云起，秋尽荒台草木凋。'好像有点熟悉哦……"

"难道他是张难生？"绍飞的脑子突然一片空白。

"还别说，这驼背唱完男声接着唱女声，字字带情、句句入心，竟然把很多人唱哭了。他唱起来声音特别高、特别清亮。唱男声我说不准像谁，唱女声倒像几年前集艺婺剧团那个女的，但是他唱得悲中有柔，苦中有欢，更显真情……偶尔，这驼背突然'唉！唉！'几声，充满愤怒似的，吓人一跳……"

"那你拍了照没有呢?!"绍飞感到一阵窒息，大声喊了起来。

"没有，我是路过一个剧院，比别人多看了两眼，我们是跟旅行团走的。"

"那你也没有问一下他吗？他叫张难生。"

"你倒好意思问，让我去问一个卖唱的?! 那么多人在一起，姐妹们都喊着快走快走！"

只有一次，那是最确切的消息。

那时候，绍飞二十四岁，在一家比较大的企业做宣传工作。能得到这个文职，主要得益于前几年在书画装裱店沾了些文气，而且他从此爱上了读书，平时还爱写些短诗投稿给报纸副刊。可以说，是这份爱好让他获得了一点文化。这时候，绍飞已经成长为一个讲话流利、文雅，听不出乡下口音的帅气青年。他的女朋友就是这时候谈的。叫丽丽，不仅长得漂亮，而且是平原上人，是罗埠镇下面一个村子的。有一天，绍飞拎着包装华丽的红桃K，跟着女朋友回罗埠镇探亲。他穿着时髦的皮夹克和牛仔裤，腰间别着汉显BB机，一条细链从BB机上挂下来晃荡着，完全看不出是山里人了。

当他见过未来的岳父岳母，女朋友就带他到衢江边游玩。他们手拉手，沿着江堤走着走着，突然，绍飞看到江的上游有一个小小的岛，他站住了。这些年，山乡人已经很少再提驼背，他也差不多忘记了。此时此景，却让他突然想起驼背和他师傅曾经在这一带唱过道情，想起驼背说过师傅死后他如何渡江埋葬的情形。绍飞不禁松了手，指着上游道：

"丽丽，那远处的岛，有人居住吗？"

"那不是岛，是沙洲。很少有人上去的。以前有人上去种过西瓜，个头特大，而且甜，却没有人敢吃。知道为什么吗？"

"为什么？"

"因为老一辈人说，那上面一直是埋死人的地方。"

"真的？"

"那还有假？买不起墓地和没人收尸的都埋在了沙

洲上。上面遍地尸骨。据说太平军打来的时候，日本鬼子打来的时候，解放军国民党军打仗的时候，三年困难时期，沙变成过土。不过，每遇几十年一遇的特大洪水，那些黑土和骷髅就会被洪水冲走，上面干干净净。"

"那你知道，可有一个驼背，个很小、头很大，他来过这里……"

"驼背？你说的是张难生吗？"

"啊！你知道?!"

"他就叫这个名字。以前的时候，每年都会来这里一次，买好吃的喝的还有雨棚，盘腿坐在沙洲对面那片江滩上唱道情，唱啊唱啊，没日没夜，唱得像鬼哭那样难听。我们都很害怕，以为这是一个疯子跑来江边发疯……"

"你说的是很多年前的事了吧？"

"嗯哪。那时候我还是一个学生。他唱着唱着就哭起来!"

"那后来呢?"

"后来有一年，他再来的时候，手捧一个骨灰盒，请我们村的船老大摆渡他。船老大不乐意，怕摆渡骨灰盒会沾染晦气，后来见他要跳江自己渡，还是同情他了。因为那是大冬天，芦苇荡里都结着冰呢!"

绍飞的脑子就像回到许多年前，装裱店老板娘说她在上海巧遇驼背卖唱的那一刻，咯噔一下出现一片空白。

"什么?"

"你认识他呀?"

"他是我们山乡的……"

"难怪……"

"这么说，在这个沙洲上，除了埋着他师傅，还埋着他心爱的女人——花旦小青竹?!"

"不会吧，他一再说那是他的剧团女同事。并且说，是他对不起她，因为他没有听瞎子师傅的什么遗训，更不该被人逼着去唱一台什么大戏，说他昏了头……"

绍飞思绪万千，原来小青竹已经死了……

"我真是奇怪了，你说，你怎么认为一个花旦会爱上……一个驼背?"女朋友见他不说话，以为不相信她说的，"他那么难看，怎会有女人看上他? 看童话看多了吧?!"

绍飞一下噎住了。毕竟，有太多人不了解他，不了解这个曾经给这片土地带来故事、剧情和传奇的人。绍飞咬着牙，没有说话。女朋友也没有说话。她并不知道她的话刺激了他。他们继续向那个沙洲走去。太阳已升到头顶，就像一盏特别明亮的镁光灯照耀着大地。他们已经走到离沙洲很近的地方，与沙洲只隔着一江波光粼粼的碧水。然而，江中的沙洲在绍飞的眼里却突然远了起来，海市蜃楼那般。那是因为眼泪不知什么时候已经淌下来。透过泪眼，绍飞好像看见那高于江面的上面，摇曳着模模糊糊的人影，他听到大锣、大钹、小钹，哐哐锵锵，大唢呐、小唢呐，呜呜哑哑，丝竹管弦，悠悠扬扬……啊，那边不是《百寿图》吗，那边不是《孙膑与庞涓》吗，那边不是《辕门斩子》吗？

绍飞眨巴眨巴眼睛，仿佛真的看见老生、小生、花面、花旦、武旦、丑角……各色人等已然纷纷上场：一会是《三请梨花》中的樊梨花飘过，一会是《火烧子都》中的子都冒出来，一会是《僧尼会》里的小和尚蹿上跳下，一会是《重台别》里的陈杏元"移步坐辇"……咿咿呀呀，唱念做打，兵来将挡……后来，舞台上只剩下一个花旦，那是小青竹。她扮相清雅秀丽，表演细腻沉稳，台风端庄大方。只听："登重台望家乡白云茫茫，千重山万重水遥隔爹娘。归故土虽有路此生难返，除非三更后梦魂还乡……"那是张难生唱的吗？！

绍飞扭头问："丽丽，后来——你后来，再没有见张难生来过吗？"

"哪个后来？"

"他在这沙洲上葬了小青竹之后。"

"应该来过的，但是我不常回家不知道。"

"你说，他还会来吗？"

"这我怎么知道。听人说，他以前一直在金华的，后来好像去过杭州、上海。但是也有人说，他压根没有走远，一直在这片土地上游荡，他有时给人唱道情，有时给人唱婺剧，据说还给办丧事人家唱丧歌。喂，你问这个干吗？"

"没、没怎么。这个驼背，张难生，你不知道，他以前是我们山乡人的骄傲。他曾经带着戏班去过好几个省份演出呢，山乡因此有戏演，不能说多么了不起，至少他见证了那个时候。而且不仅带戏班，刚才你也说了他还唱。他唱得非常好！天生一副好嗓子，又肯吃苦，悟性又高，他唱苦情戏最厉害了，嘻！那真叫一个绝！只要有他帮唱的戏，台下鸦雀无声，石头落泪，枯木伤情，戏迷为听他的唱，把老电影院挤得满满的，就是婺江边现在改成什么浴都的那个什么楼……"

"你神经吧?！把一个靠卖唱讨口饭吃的驼背说成个英雄似的。他那么厉害，还能混成那样啊？我先告诉你哦，待会我爹妈要招待你吃饭的，有亲戚陪吃问你哪里人，你就说你是汤溪镇上的，更不要说驼背如何如何，还以为他是你亲戚呢。"

绍飞随口"嗯"了一声，继而摇摇头："为什么？"

女朋友故作娇嗲的样子："你就照着说，我求求你啦!"

"你不会懂得的!你……"

"求求你了嘛!听见没?"

绍飞无言以对,低头沿江走着走着,突然伤感起来。这是一种与多年前夜读让人忧伤的诗集、把喜欢的句子抄在笔记本上时体会到的不一样的忧伤。甚至这不是伤感,而是一种巨大的无以言状的失落、惆怅、羞愧、屈辱,或者别的什么。他不知道,只感觉有一种情绪让他难受,这种情绪在他胸中激荡、冲撞。他想克制又不能,这滋味让他想到了那次改变驼背命运的演出,领导来了,如丧葬用品店老板所言:不能哭出来,只眼眶略微一潮……

虽然绍飞很想这样控制情绪,很想跟女朋友说点别的,先满口答应她,然后得到她。但是当他抬起头,面对江中沙洲,又想起驼背跟他说过的那件往事:就在这片土地上,驼背张难生如何眼睁睁地看着瞎子师傅,在老茶馆不歇气地唱了整整一个晚上,唱坏了身子……还有他将瞎子师傅的遗体绑在板车上渡过这条大江的时候,江中出现的那些可怕的饥饿的鱼群……绍飞的心难受了一下。最终,他在那片空旷的江滩上没头没尾地跑了起来,直到跑累了,跑得耳朵嗡嗡作响,他才面朝沙洲站定,然后扯起嗓子,像野兽那样嚎叫起来——

"不，不——"

再后来，他的女朋友没有带他第二次回到她的家。他们有了一次很长时间的、谁都不跟谁说话的冷战。直到有一天，他的女朋友不再是他的女朋友。绍飞也离开了金华……

十

驼背张难生，绍飞于他辞世一年以后才得知。那年，大龄男青年绍飞终于拥有了自己的小家庭，妻子怀上了第一个孩子。谢天谢地，妻子温柔贤惠，腹中胎儿一切安好。父母听闻，很是激动，从浙江老家千里迢迢来了。这一路上，没出过远门的父母不知克服了多少困难。绍飞在火车站接到时，母亲是扶着墙从地下通道走出来的。她说这一路上都晕车，肠子都吐空了，在卧铺上昏死一路。母亲的描述让绍飞想到自己跟舅舅第一次出门找工作的情形。如今他就是闻再多的汽车尾气都不会吐了。

回到小家，一切安排妥当。见过儿媳妇鼓鼓的肚子，母亲高兴得合不拢嘴，人一下子就精神了，帮着在厨房里忙。绍飞和父亲坐在客厅里，看着广告多于内容的综艺节目，其中的男性多学着嗲声嗲气地说话，有的甚至修过眉毛化过妆。女性呢，倒是露出大腿和胳膊，穿着吊带衣服，野得指着人说话。寡言的父亲不停地咳嗽，坐立不安，绍飞也不知道跟他说点啥，就问起了家里的、村里的情况，父亲三言两语，说庄稼收成、一年收入，弟弟干什么去了，村里又死了谁，怎么死的。绍飞问起驼背，父亲说已经死了。绍飞问怎么死的，父亲说得癌症死的。接着，沉默又回到了两个人中间。

过了很久，电视里播起了宫斗戏，饭菜已上桌，一家人吃起晚饭。父亲喝了酒，话才渐渐多起来。绍飞趁机旧话重提，说起当年在金华，驼背如何照顾过他。

与绍飞的猜想不同，驼背没有死在外乡，而是从外乡回家死的。

他是在查出自己得了癌症之后，回了家的。

"他那个瘦哦，就剩一把骨头，连头都快撑不住的样子。背呢，更驼了，像背着一大块死沉死沉的石头。他的兄弟不得不腾出屋外一间柴房，打扫干净，驼背从此住在里面。只有前两天，他在那个有家室的哥哥家吃饭，后来就找人在柴房砌了一个小灶，自己做饭吃了。

"驼背在外面混不下去回来了，这事对上了年纪的人来说，真是一件大事情。一是因为以前，驼背是山乡最早走出去并且有了出息的人之一。二是大家都曾经以为他发了财才不愿回家的。三是有不少人想起当年他带戏班进山，自己跟家里那一个还是在戏场好上的呢。反正，现在看他那样子都觉得可怜。有人从菜地里回来，路过那柴房会顺便给他留一把菜，有人从山上砍柴回来会扔一些柴火，大伙都说：'难生啊，你需要什么，就跟我们说。'驼背千恩万谢，说：'这样就很好了，很好了。'只有小孩子不懂事，见到他总要喊：'老妖怪来了！老妖怪来了！'乍一听，这个声音还以为是你们小时候喊的。

"其实不是这样。驼背老了，我们也老了，驼背最顺达的时候，我和你妈正当青壮年，那时候分田到户、肚子填饱，真是满心欢喜。可这一转眼，驼背回来等死，我们呢，也到了要给自己预备一副空棺材的时候了。唉，不说这个！就说驼背吧，他得的是喉癌。这病生在声带上，使得他说话困难，发音嘶哑。以前他说话就像青蛙叫，多么亮！现在呢，就像用砂纸擦墙，得趴着去听。有人想听听他这许多年在外面都干了什么，想想作罢，而且他也不愿讲。

"他每天安安静静的，一天就吃两顿饭。这饭得煮得稀巴烂，一点一点往下咽。吃饱了，就到溪滩田间找草药。草药熬起来，一股青涩味，远远就能闻到。他偶尔会到附近村子走走，会会以前相熟的朋友。你阿舅这儿也来过，还问起你呢。我们说，你离开金华后又走了几个地方，最后在广州落脚了，现在一家什么文化公司上班呢。他听了，很为你高兴，说当初一看你就像个书生，因为你连一只鸡都杀不死，还说以后你会有大出息的。我们说，你这是算命算出来的？他说以前问过你生辰八字。我们要他详细说说。他又说命虽然能算出来，但是不能提前说出来，这样才有可能将命运改变。这个驼背！真是的！他说，他师傅之所以不给他算命，就是不要让他知道自己这么短命。如果知道短命还怎么活下去？所以他自己也不给自己算，所以才做了些自己喜欢的事，虽然最后结局没变，但是中间没有虚度人生。他说得了喉癌，是老天爷要将他封喉了，他再活下去没有意义了，阳寿该到了。

"'不得喉癌我会得其他病，反正不会超过三年。'他坦然地等死。不过只等了两年。这中间除去过罗埠什么地方几次，他基本在井下村待着。兄弟们以为他很快就会死的，后来发现他老是不死，对他态度越发差了。那个哥哥的婆娘对他尤其厌恶。驼背开起录音机听他爱听的戏，她骂他吵人。熬夜写什么东西，她骂他费电。驼背熬草药，她把药罐给砸了，说鼻子都要被药味熏绿了。驼背一点办法也没有，后面一年过得猪狗不如。你阿舅算是有情有义的，虽然自己打着光棍穷得有上顿没下顿，还把驼背接到他家里住了一段时间。这时候，驼背已经基本发不出声了，呼吸困难、吞咽困难，咳嗽、痰中带血。很多人怕驼背的病会传染，想让你阿舅赶快赶他走。你阿舅没有这么做，说驼背的病不会传染的，谁传染了由他负责。最后是驼背自己要走的。那是三个月以后。他走的时候，存了一只很大的箱子在你阿舅家，说要等他死后再打开。你阿舅也没有当回事，心想他能留下什么值钱的东西呢。

"然后有一天，你阿舅又出去打工了，我们很久没有见到驼背了。突然有一天，大家都在说，驼背死在那间柴房里了。应该是半夜喘不上气，被越长越大的恶性肿瘤窒息而死的。当然也有可能是大出血、病情恶化什么的。反正他死的时候不会很好受，都滚到床下面来了。双手在泥地上抠出了沙子，脖子、下巴颏和整个脸乌青，眼睛圆睁！我们听说后，就通知你阿舅赶回来。你阿舅在电话里说，得了，你们帮我带些纸钱和香，代我在他棺材前烧一下吧。

"驼背的兄弟早就给驼背打好了棺材。棺材倒是跟正常人的棺材一样大。他死后，就请来了抬棺材的人来收尸。抬棺材的快刀斩乱麻，把驼背裹在床单里，各拉一个角就抬出了屋。但是他的兄弟没有跟着走，因为就在掀掉他床单的枕头底下发现了一包钱。兄弟仨躲到一边数了半天，竟然有两万块。在场的人都惊动了，都夸驼背懂事理，夸驼背再怎么穷，还是比很多山里人富裕。不管怎么说，三兄弟本来还愁没钱办丧事呢，这下高兴得笑了，反倒之前虐待过驼背的那个婆娘莫名其妙地哭起来了。"

"那是去年冬至前后，天乌乌的，要下雪。可是总也不下。看风水的先生推算驼背的出殡时间，说这半个月内都是跟亡人出殡犯冲的日子。说驼背的命太硬，八字过旺犯了太岁。不过，真要拖半个月再出殡尸体都出水了。只有一个办法，就是出殡那天不打锣、不放炮、不烧香、不哭丧，悄悄而行就没事。驼背的三兄弟早就不耐烦，都说你帮挑一个天气好的日子就行。风水先生说，好。

"出殡那天早上果然出了太阳，大伙都说风水先生还真能推算出好日子哩。可是，按照咱们那里的风俗，驼背入土前要用两块木板将骨头砰一声压断，这样才不会出来祸害人。这个盖棺过程浪费了一些时间。等到下午一点棺材从张氏祠堂抬出来，天又阴下来了。更让人想不到的是，虽然棺材出了祠堂，不打锣、不放炮，也没人组织，道路两边仍然站满了来送他的人。那个场面真是叫人难忘，除了井下本村的，还有祝村、坞头村、和尚村、学岭村、井上村、咱吴村的，甚至还有从龙游那边翻山过来的。我一看，基本上是当年最爱看戏的那些人，都来送了，大概有上百人。这些人一见面，都相互说对方老了，然后开始说当年看戏时，驼背怎么样怎么样，戏班怎么样怎么样……见棺材出来了，等来到自己身边，有男人不禁落了泪，有妇女哭出了声，被人提醒后就拿手绢捂住鼻子，跟在后头。

　　"棺材出了村中心，队伍就慢慢形成了。走在最前头的，是驼背的男性至亲，由他的侄子举着一面白色旗幡带头。道士手拿铃铛，并不诵经。装着驼背的棺材，一共有八个人抬，跟在道士身后。接着是几个拿着大锣、小钹、唢呐的老头跟着，因为不需要他们敲打演奏，这样做做样子就能挣钱虽省力，反倒有点让他们垂头丧气。再接着，就是前来送葬的男人们的队伍，默默地走着，面无表情。其中有一个应该跟驼背关系不错，据说是他的表哥，手提一个从驼背生前住过的柴房里提来的录音机，放着很轻很轻的戏曲唱段。那是一路上唯一的声音，也不知道是他自作主张放的，还是经过风水先生允许的。至于队伍最后头的妇女们，有的是跟驼背有亲戚关系的，有的是以前爱看戏的。驼背哥哥家那个婆娘也在其中，她因为不能哭丧只得装作因伤心双腿发软，得有人搀扶着走路。

　　"走着走着，也不知道怎么搞的，有越来越多原本站在路旁看热闹或者本想目送驼背一程的人加入了队伍。当我们来到一个坡上，我回头一看，队伍起码有一里路长！而且没有人能说清，队伍是什么时候开始哭的。而且有越来越多的人哭起来了！——就驼背而言，他除了带戏班进山并没有做过多么大的贡献，而且戏班来演戏并不是免费的呀。那么只能说，是我们这些上了年纪的人怀念起那个时候来了，怀念起那些看戏的日子来了。那时候，我们精力那么好也不怕麻烦，每年春节因为有戏班来演戏，每家要多准备好吃的，要提前通知亲戚们来，然后整个正月热热闹闹的。那些看过的戏，这么多年过去也都记得！

"我读书少，但也知道兔子死了狐狸跟着伤心。驼背老了得病死了，我们也都老了也要死的。那时候，我们就像你现在这个年纪吧。现在呢，你们这些孩子长大了都在外面工作了，有能力的在汤溪镇上、金华城里安家了，没能力的也不愿意待在家乡而选择在外打工。就我们这些老人留在家里种地了。唉，都说越来越没有力气了，背一把锄头都背不动了，都说死的那天可别跟驼背临死时那样没人送终，烂在床上！反正那天连我这个代你阿舅去送送他的人都伤心起来了。可是后来，我发现不仅仅这样，像我这么想的人虽然大有人在，但是更多的人其实是被录音机里的演唱带起了哀伤。我也不知道录音机里的声音什么时候越放越响的——是因为调了音量惹得很多人哽咽不止，还是因为有人哭了才需要调高音量？还是有冥冥的力量作怪？反正，那个声音响起来以后，我们就都听清了，唱的是《重台别》，一男一女分别的戏……

"说实话，我从来没有听过这么好听的嗓子，这么动情的演唱，那男女对唱的声音就像夜里咱家门口的溪流声，被风吹得一忽儿轻一忽儿重，好像在倾诉驼背这一生的苦，也好像把我们每个人的苦都唱出来了。而且不仅仅是苦，听着听着，还有那么一点点甜，好像戏中男女是能够相互理解对方心里的苦的。听着听着，我就想一直听下去，以至于当时开始下雪了，也没有注意到下雪，有的人甚至哇哇大哭呢。反正那天一路上，大家都哭了。驼背的哥哥发现跟在后面的人都哭了，站在路旁说，大家都忍一忍吧，拜托了，他这个弟弟啊，生的时候跟别人不一样，走的时候也要不一样，要悄悄地走啊，咱就不要犯太岁了呀。但是谁也没有听他的。最后棺材要过一座桥，前面的人都停下了，原来道士挡住了我们的路，不允许我们再跟着了，骂我们捣蛋。我们只好站在桥的这一边，目送驼背去了河的对岸。

"驼背的墓挨着他妈妈的墓。据说这是驼背生前自己提出的。

"这驼背啊，果真是没有长大！

"我们看着河对岸，树上飞来很多乌鸦，它们的叫声就像生病以后的驼背发出的声嘶力竭的叫唤。我们看着驼背的棺材入了圹，抬棺材的又开始砌坟面了，就都回了。这时候，雪越下越大，一边下一边化，我们的头发湿了，回去的路也湿了，泥泞得很！后来，我回想起这一路上跟自己走得近的人是谁，跟什么人说了什么话，前前后后的事情都忘了，我的耳朵只记住了那天录音机里放的那个声音，耳朵里经常响起那个调调。我忍不住跟井下村人打听，驼背下葬那天，录音机里放的那磁带还有吗。人家告诉我，那天驼背表哥拎去陪葬的录音机和磁带都砌进墓去了，录音机没有关，在地下还接着唱了很长很长时间呢。据说三个月以后，四个月以后，半年以后，有人从桥上走过还听见那山上传来唱戏的声音，吓得要死！

"听那人这么一说，我半信半疑，有时候真想去听一听，但是心里其实也害怕。

"嗐，要是那磁带还在的话就好了，我可以借来听听。

"然而，没有想到的是——

"喏，就在我们准备从家里来你这儿那天，你阿舅听说了，特地拿来了这个。说这是从驼背留下的箱子里随便拿的一些。原来，驼背留在他家的那只箱子，是专门留给你的。听你阿舅说，箱子里有两本算命书、一副算命牌，有二十来本剧目、几十盒磁带。除了箱子，还有渔鼓和简板。虽然都不是什么值钱东西，但是难得驼背一片心意，他可能认为你会懂，说不定还有点用处吧。你阿舅说，先给你带这一小部分，如果你需要就都给你寄过来，如果觉得没有什么用，他也照样给你保管着。"

绍飞从父亲手中接过沉甸甸的塑料袋，双手颤抖了。就在父亲刚才讲述的时候，往事已蜂拥而至。他想起自己刚步入社会，舅舅带他去金华找工作，睡在午夜散场后的张难生录像厅，他跟着麻墩子杀鸡总是迟迟疑疑，他被职业介绍所欺骗舅舅也被人打，他在装裱店每到晚上无所事事从而喜欢上了读书写作，以及这期间他听到的看到的关于驼背张难生的曲折人生。虽然离开金华多年，但是一想起这段经历，每次都会沉浸其中……

绍飞打开塑料袋，首先看到的是三盒磁带，接着是一封信。拿出这两样，下面是几本线装的手写本。绍飞熟悉驼背的手迹，翻开手写本，仿佛打开了一扇通往戏场的门：瞬时，他再次回到了童年那些看戏的日子，邻村乡亲、亲朋好友、长辈晚辈，齐聚一堂，全部朝向大会堂那个简陋的戏台，仿佛再次看到戏台上，老生、小生、花面、花旦、武旦、丑角……各色人等纷纷上场……

他恨不得马上就把磁带放进录音机，放出驼背张难生的演唱来听，却几次把磁带从录音机里拿出来……他因为过于郑重而感到紧张。他已经很久没有看过戏曲演出，听过婺剧唱段。那天晚上，绍飞无心工作，无法安睡。当他在灯下看过驼背写的信后，更是心潮起伏，难以平静，眼里不断地涌上泪水。他也很久没有为谁流过泪了。

等父母去休息，身边的妻子睡着了，他悄悄地起来，坐在黑暗中。黑暗中，时钟嘀嗒嘀嗒地走着，步履坚定。绍飞仿佛看见驼背张难生正走在乡村小路上，阳光猛烈，或乌云密布、淫雨霏霏……张难生的耳朵一抖一抖……他是人类的声音的倾听者。不是吗？当他身处母亲的子宫，就听到外面让人恐惧的声音，同时他又是人类的优美的声音的制造者，当他躲在黑暗的布罩子里，深情地演绎古老的剧情，多少人因为他的演唱屏气凝神，陶醉其中！而那些被他书写在手写本上的沉甸甸的名字，那些在大地上渐行渐远的人，每一个名字背后都有着怎样的人生故事？——是的，他们都是大地上的行吟歌者，我们以及我们的祖祖辈辈曾经多么熟悉这些柔曼婉转、空灵抑或昂扬激越的声音，且为之痴迷……

可是，绍飞却没有在张难生编撰的那本《婺剧各班社名角名录》里，找到张难生自己的名字。他只在"旦堂"一栏的最后位置写了小青竹。也就在那个晚上，绍飞决定把驼背张难生的经历、他的一生写出来，以此纪念他曾经给山乡带来的喧闹、戏曲与欢乐，同时致敬那许许多多同样优秀的、至今回响在大地上的声音。

十一

信

树田老弟：

当你打开这封信的时候，我想我已经不在了。箱子里的磁带和线装本若干，是我一直带在身边、自己很看重的东西。然我来日无多，这些东西多次想毁，想来想去舍不得。磁带部分，很大部分是剧团演出时的舞台录音，还有一部分是老艺人的清唱，还有就是我自己的清唱，其中有婺剧也有道情。

我关掉录像厅，曾经想过死，在衢江的无名洲上。我落得这步田地，皆因违背了艺人的诚实得到的报应。但是，师傅如果地下有知，定会理解我为什么要给小青竹帮唱。我痛定思痛决定活下来，并且于死前完成一件事，就是一边卖艺，一边收集我还没有听过、唱过的本子，不管是婺剧的还是道情的。我为此走过了很多路，比我带剧团时走的还要多。

我拜访民间艺人，收集到很多没有人再唱的古本，听到很多失传的老唱法。但是由于多次搬运丢失不少，现只保留其中这些个。我很想把这些戏这些道情这些唱法传下去，我死后，烦请转交给绍飞，如果他能妥善保管。或者帮我转交给研究曲艺的同志，我死而无憾矣。

致谢！

难生。己卯年辛未月庚午。

婺剧各班社名角名录
············

婺剧各班社名角生平
············

金华道情传统曲目
············

婺剧传统剧目
············

金华道情传承艺人
············

八颗牙齿颤动

一

我们这个地方，不是一个好地方。至少很多年前都这么认为。那时候，金塘河已经被大坝截断，盘山公路却迟迟没有进山，山里人只能乘渡船外出。渡船少且不说，船工态度还恶劣。山里人平时很少出远门，"远"的概念是指渡过水库到达平原，比如汤溪镇、罗埠镇、赤骑镇，如果有人去过金华、杭州，那就要用"遥远"来形容了。相当长一段时间，山里人并不需要也不被允许频繁外出。因为生产队时期几乎每天要出工，不论晴雨阴雪，哪怕下铁落石的日子。当然这个故事发生时，生产队已经解散，但是通往山外的路依然被水库阻挡，去一趟汤溪镇、罗埠镇等地方很难一天内打一个来回，不住亲戚朋友家，就得住旅馆。

我们的主人公五木和阿凯，是农历十月十三从吴村出发来罗埠赶场的。赶场是我们这一带的叫法，别的地方叫赶集、赶街、赶圩、赶闹子。赶场有固定日期，比如汤溪镇一年内有三次，罗埠镇有两次。五木和阿凯是推了两车桶木出来赶场的。桶木即各种做木桶的板子，还没有拼装，被几股绳子紧紧地捆扎在各自的独轮车上。他们天蒙蒙亮就推着这沉重的货物，走过大山里的崎岖路，看着船工的冷脸渡过水库，再一直沿着公路在尘土飞扬、汗流浃背中，差不多走了一天才到达罗埠。这是一个古老的市镇，位于汤溪镇西部，金塘河与衢江的交汇地带，盛产稻谷、甘蔗、棉花、辣椒，还有流里流气的人。

五木是第二次来罗埠镇赶场了，阿凯还是第一次来。阿凯的初中是在山乡乡政府驻地祝村上的。初一时，他跟同学到过与山乡毗邻的中戴乡。初二期间，到过一次汤溪镇。初中最后一个学期，学校雇拖拉机把学生拉到汤溪镇上参加中考，他由于贪玩而误了一场考试，从此被拒于校门之外——此时，他已离校回家种地两年，十八岁，长得粗壮、生猛，开始长胡须，满脸骚疙瘩。无奈家里没钱没势，山外没亲戚，一直想出去闯荡苦于没门路，只能跟着姐夫五木做木匠。

其实五木也算不上多么厉害的木匠。他只跟一个棺材师傅学过打棺材，三年学徒期满，师傅躺进刚做好的棺材里补觉，不知怎么的，半个时辰后呼噜呼噜一阵急喘，再也没有醒来，五木就接过了师傅的担子。尽管这手艺听起来不怎么好听，可在手艺人中，棺材匠的工钱是最高的。因为这手艺多少联系着死亡，很多人不愿从事。另外，打棺材，一是活儿本来不多；二是东家都喜欢选吉日来请，忙的时候很忙，闲的时候很闲，遇到有人意外身亡，棺材匠必得请去赶制，简直没白没黑；总之出于种种原因，五木于三年前决定改行做大木（即造房子），但是没有师傅愿意带他，都说，五木的斧头劈过棺材，怕他造新屋造出寿屋来——他这才偷师学艺，入了箍桶行。

现在，五木和阿凯已经在罗埠镇外一条公路边搭建好一个简陋雨棚。秋后的田野庄稼已经收割，这一区域是镇政府专门划出来，给卖木材、家具、农具、竹器等大件东西的商贩们摆摊的。五木正抓紧时间把一块块桶木摆放在地上，他要赶在天黑下来之前箍好几只木桶备用。他知道罗埠镇的赶场日虽然是十月十五，事实上，十四这天就会人潮涌动。上一次来，他就因为自己没帮手，搞得手忙脚乱，这回有经验了。他说："凯啊，你读过书，口才比我好，形象比我佳，明天你看着吧，整条公路就跟有人掘开了蚂蚁窝，得靠你对付顾客啦！今天你就要记住什么桶什么价……"

"哎呀，我知道啦！"阿凯有些不耐烦。阿凯来罗埠镇就是想好好玩的。

"今天我们就睡雨棚里了，罗埠镇的旅馆里有被子租。"

"哼，我肚子饿啦！"

"啊，我差点忘啦！"说着，五木放下手中活，从独轮车的车斗里掏出了一只布袋，阿凯不用看也知道装着啥，中午在路上，就差点被里面的东西噎死了。

阿凯说："你还是给我一块钱吧！"

五木长得瘦瘦高高，小头小脸，背微驼，在阿凯眼里这人不但小气，还无趣。一路上，阿凯累了，想停下来喝瓶汽水五木也不给买。当他看到广阔的平原，纵横的河道，星罗棋布的水塘，心中涌动着想呼喊的冲动，五木只"嗯嗯""啊啊"应付，压根感知不到一个第一次出远门的青年的心情。

"我只吃一碗拉面。"

"木桶还一个没卖呢……"尽管这样说，五木还是掏了口袋。

阿凯一心想去罗埠镇老街上玩。公路两旁大部分是剥了皮的木材、摞在一起的竹编器具，雨棚里坐着一个个疲惫的人，大部分是从山里来的，其中几个阿凯认得，他们拉来的主要是还未组装的独轮车的车架。其中一个认出了他，喊："吴村小鬼，急急忙忙的，哪儿去啊？"阿凯支吾说去老街上玩玩。那人说："等十六有的是玩的时候，东西还降价呢。你不给五木打下手啊？……"阿凯心里异常恼恨，我的事你管得着？只是嘴上没说。

他走过各式各样的雨棚，五花八门的摊位，三层高、五层高的楼房，就到了由青石板铺就的老街上。这里的房子都只有两层高，破败屋檐下，临街一面的墙由板壁和可以拆卸的门板组成，黑乎乎的，像老年人穿旧的裤子。这破败景象多少让他失望。他买了一碗馄饨、五个包子，边吃边看街边一人削甘蔗，每一刀都能削到底。突然，有人走到跟前挡住了他视线，抬头一看，是个烫过头发、戴着墨镜的人，像只参着颈羽的斗鸡。

"看什么看，没见过甘蔗啊，山里佬！"

阿凯张着嘴，瞪大眼睛，完全不知道得罪了何方神圣。

"吃完吧！站起来！"

阿凯三口两口吃完，乖乖地站起来。

"不知道给老子也买一笼吃啊！"

阿凯心里不痛快，但是想到罗埠自古出流氓，恐惧推着他走到包子铺老板那里，却被告知包子钱已被人提前付过了。他像个小学生那样走到那个人跟前，不用说是那人付的。只见那人摘下墨镜，推了阿凯一把："怎么的，这么快就把老子忘啦？"

这是一个比自己大不了几岁，浑身上下每一块骨头仿佛都会不由自主地抖动，嘚嘚作响的人。"你不就是吴村的那啥吗？"对方抖着腿说。

"我叫阿凯。你呢？哪村的？"

"我是阉师的徒弟田鼠呀！"

"啊！——是你呀！"阿凯一下子想起来了。每年春暖花开，一个叫碎玻璃的阉师，总会带着一名徒弟来山里阉割。"碎玻璃"是一个满脸杀气、不苟言笑的人，伴随他到来的总是鸡飞狗跳，像日本鬼子进村。不用说，跟当年五木入错的棺材行一样，阉割这行也是一个很多人不愿从事，但在生活中又缺不了的行当。

"你……你是来罗埠镇阉猪的吧？"

"非也，这个季节干我们这行的都歇着呢。"

"为什么？"

"没到动物发情期啊！"

两个年轻人哈哈大笑。一个说，我还是第一次来罗埠镇。一个说，我对罗埠镇熟得不能再熟。一个说，罗埠镇有啥好玩的？一个说，有啊，要不要跟我去唱歌，看电影，跳迪斯科，溜冰，你想哪样？阿凯想了想，去溜冰吧。两个人七拐八拐来到一个地方，四周用铁栅栏围着，里面音乐劲爆，霓虹灯闪烁。

阉师徒弟眨巴眨巴眼睛，租了一双旱冰鞋，对阿凯说："怎么样，你先溜吧？"阿凯连连摆手，于他而言能看到别人溜冰已经是不得了的事情。他看着田鼠用麻绳将旱冰鞋捆好，两条腿吱的一声，这边撇一下，吱的一声，那边撇一下，人就消失在霓虹灯照耀下的场地上了。

二

雨棚里没有灯，五木坐在昏暗里，一会儿瞅瞅公路，一会儿瞅瞅手表。五木本来就是郁郁寡欢之人，现在就更显得忧愁。他长着一副长脸，眉毛两端下挂，呈一个八字。八字下面，一个大鼻子，一遇急事总是刺痒，出汗。他咂巴咂巴嘴，叹起气来。

五木这趟之所以带阿凯出来，除了让他帮忙运输，还因为未来的岳父就这么一个儿子，排行最小，自生下来就当宝贝宠着。这孩子三岁时把七岁孩子的脸抓破，五岁时拿火柴点燃柴棚，八岁到学校，屁股底下仿佛长钉子……可就这么个人，偏偏出生在大山里，龙不生鳞，凤不长翅，父母给他溺爱的同时，也对他失望、训斥，动辄皮带、棍棒。岳父让他跟着五木箍桶、赶场，就是要让他知道挣钱不易，一改身上的毛病。

夜晚九点半时，五木的心里窝着火。他从附近旅馆只租了一条褥子、一床被子。他把稻草铺在地上，再铺上被褥，这头睡自己，那头睡阿凯。想到明天还要早起，就想早点睡，可是阿凯迟迟不归，他睡不踏实。他想起自己马上就要三十了，在山里，这个年纪的人大多结婚生子了。因为山里人穷，姑娘们总爱往山外嫁，所以山里有儿子的人家习惯为儿子早办婚事，趁一些姑娘年纪尚小"先下手为强"。他之所以没有早办婚事，是因为当初姑娘们不喜欢他是个做棺材的，他追求过老榔头的女儿，追求过萝卜根的女儿，都被赶跑了。

"不想让我女儿和一个整天跟棺材打交道的人过日子。"老榔头说。

五木从那时决定改行。虽然他改做"圆木"（箍桶）了，但是，"我女儿已经有平原来的媒人几次上门说媒了。"萝卜根说。其实，五木知道他在撒谎，压根没那回事。

幸好那年月村里姑娘多，比如阿凯家就有三个。其中第三个叫美琴，一直没嫁出去，五木就去追求她。刚开始美琴不理他，厌恶他，因为她想到了由他做成的棺材仿佛竖在两个人中间。后来五木送给她一只洗脚桶、一只浴桶、一只尿桶、一只马桶。山里人家，女人是不去村口厕所方便的，姑娘们去金塘河洗澡更是大忌，所以那几只木桶很讨美琴的欢心。尽管他们的恋爱遭到了美琴父亲陈金宝的反对，但是她仍然愿意嫁给他，因为转眼她也二十五了。她知道，口口声声要把她嫁到平原去的父亲，并没有能力把她嫁到平原去。只是，心有不甘的陈金宝在聘礼上做了文章，要求五木在一年内准备多少多少聘礼，不然休想把女儿堂堂正正娶回家。这样做，无非是要让五木知难而退。

五木当然希望明天就能把木桶全部卖掉。这样，加上之前的积蓄就能拿出聘礼来了。他躺在临时地铺上辗转反侧。平原的天亮得早，东边已红彤彤一片。在山乡，朝霞景象是少见的，因为太阳从东边山顶显出身子都近中午了。而平原则不同，一轮毛茸茸、懒洋洋的太阳飘浮在庄稼地上，起码有一个豆腐桶那么大。五木起来收拾被褥，想起阿凯一夜未归，心里惊了一下。他担心阿凯出事，出去跟几个来赶场的熟人打听，和尚村几个人说，不用担心，你这小公牛样的小舅子肯定去看通宵录像了。五木暂且相信这个说法。

一早起来，他就拿出工具继续昨天的活。因为就这会儿工夫，太阳已经朗朗上升，大地上升腾起一片白茫茫的雾气。卖树的，把树一根一根立起来。卖独轮车车架的，忙着装车架。卖五金的，生起了炉子；卖农具的，把打稻机、风车、谷耙子等摆到路边。与此同时，赶场的人迅速多起来，有的骑车，有的走路，有的挑担，有的坐拖拉机……五木因为忘我地工作，渐渐远离了周遭的喧嚣，他已经箍了四只水桶、两只饭甑、一只尿桶。因为每只桶的板子在运出山之前都用铅笔做过记号，所以只要用竹楔一块块拼合起来，加上桶底，再箍上篾箍，基本就成了。

阿凯就是这时候回来的。五木心中的火气腾地冒出来，但他压制着，甚至连"你昨晚上哪儿去了"都没有问。阿凯瞧瞧五木，又瞧瞧地上的木桶，默默走到公路上，几次开口又闭上。他回到雨棚，挠挠头，想说什么又说不出。"箍好了的，你负责卖掉！"五木忍无可忍。阿凯低下头，再次走到公路上，脸红了几秒钟，然后扯着嗓子吆喝："木桶咧！各式各样的木桶咧！——木桶咧！各式各样的木桶咧！"他一边吆喝，一边瞅着从眼前走过的每一个人，人们也拿眼瞅他。

"木桶咧！各式各样的木桶咧！有水桶、浴桶、尿桶、脚桶……就是没有饭桶！"他想学学集市上卖老鼠药、菜刀、跌打丸的，他们总是妙语连珠。"木桶咧！大的，小的，高的，矮的……就是没有方的！"他喊得口干舌燥，效果却不好。

太阳变得结实、刺眼，整个罗埠镇在升温。方格子的、条纹的遮阳布，草编的、竹编的草帽，红色的、蓝色的头巾，一簇簇地开放。人们拿手绢或者袖口揩着额头上的汗，在货品种类繁多的摊位前挤来挤去，每个人身上的热气，小贩们的叫卖，顾客们的讨价还价，饮食店里的气味，大姑娘小媳妇们身上的气味，马戏团里惊险刺激的叫声，以及被堵在公路中央的拖拉机突突突的喘息声……正源源不断地被暖风携带而来。

好在功夫不负有心人，五木和阿凯的生意终于开张了。当然，功劳不归阿凯，是人家自己找上门的。一个肚子圆滚滚的老板，跟在一个浑身酒气的人身后，说去年这时候，他们在不同的木桶摊上买木桶试用，就你家的木桶没漏过水。这次他们要一口气买四只大桶、六只水桶、两只饭甑、若干桶盖。五木和阿凯有些不敢相信自己的耳朵，他们在耍山里人吗？

老板说："你们放心，钱我都带了的。"他拍拍夹在腋下的小皮包。

五木赶紧去准备木桶。

那人这才说，他是开酒厂的。听了这个五木更高兴了。开酒厂意味着每年都要换新桶，是长久顾客。老板付过钱，叫人把一只只木桶顶在头上，在人流中走远。五木看着那些高人一头的木桶，就像看着美琴出嫁时的嫁妆。他想象结婚那天，锣鼓喧天，鞭炮齐鸣，村里男女老幼都跑来看热闹，新娘坐在轿子里，披着头盖，嫁妆一件件漆着红漆，绫罗绸缎，一样不缺。他真想做一台花轿呢……

五木想，照今天的运势，明天就能把木桶卖光，后天一早就可以回家。回到家，先给上聘礼，再去乡里领证。他根据自己掌握的《易经》知识，结合双方生辰八字，约莫明年三月结婚是最好的。

看着五木心情好了，阿凯的心情也好起来。

他不敢跟五木讲，昨晚上，看完溜冰，本想马上回来的，可田鼠说你来了罗埠睡公路边像什么话，我带你去住旅馆。阿凯说我没有钱住旅馆。田鼠说不需要你的钱，我有哥们住在旅馆，一个房间好几张床。阿凯说我要回去跟姐夫说一声。田鼠说你这么大个人了，还担心你走丢！阿凯不好意思再推辞。结果去了旅馆，发现屋里热气腾腾、云遮雾罩，一屋人正围着一张床打牌。田鼠带着阿凯在一个铺上坐下，并没有跟谁说这是山里来的客人在此借宿之类。倒是那些看牌打牌的人，发烟时主动扔了一支烟过来，问过阿凯姓甚名谁，都说："待会儿，你睡这里就行。"话虽如此，他们并没有打算休息。相反，两圈牌之后，站着看牌的几个人把阿凯拉到另一张床上，说："我们几个也凑一副牌打打吧。"

阿凯见大伙对自己这么热情，不禁有些感慨，这些平原人穿着打扮很时髦，却不像传闻那般瞧不起山里人。阿凯就这么跟他们打起了牌。他也不知道自己怎么就跟他们赌起钱来的，只记得刚开始，谁输就往谁额头上贴一张纸条。田鼠满脸纸条，搞得像个非洲老酋长。后来就开始赌钱，几分几分的，他赢了不少，但是赢了五块钱时，实在太困了，要揣着钱走，他们不让走，说："要打就打到天亮再走。"

后来就开始输，越输越急……

三

如果追究起来，这个故事到了最后为什么会出那样的事情，跟阿凯被田鼠拉去旅馆有很大关系。同时，五木也脱不了干系。事实上，这也是后来让阿凯父亲感到愤怒的原因。但话说回来，如果阿凯自始至终老老实实地待着，不跟平原上的小混混搞在一起，那么还需要我五木来看管他吗？五木感到无比委屈。但是，阿凯不这么认为。他说那天下午，之所以又被田鼠他们叫走，主要原因是五木的吝啬性格害了他和自己。

问题就出在午餐上。

那个上午酒厂老板买走了很多木桶，本该值得庆祝的，可是到了午饭时间阿凯的肚子叫得厉害，五木却迟迟不说吃午饭（他得赶着箍新的木桶备用呀）。阿凯不想再等，在雨棚里烦躁不安，说："姐夫，我们出去炒几个菜吃吧！今天挣钱了……"五木正把一个篾箍往木桶上套，说："好啊，你去吧，炒好了，用塑料袋提回来吃。"阿凯伸出了一只手。五木摸了摸上衣口袋，里面硬硬的，起码有一百块钱。他想掏几张零票给阿凯，竟然没有，只好掏了张十块给阿凯。阿凯前脚刚出雨棚，五木就叫住了他，要回了那钱，自己往雨棚外走去。不一会儿，就提着吃的回来了，是两袋粽子。阿凯一看不是炒菜，有些生气，没有吃。

　　五木吃完三个粽子，把另三个递给阿凯。阿凯还是没接。五木就赌气一般，自己吃了。吃完了，肚子胀得厉害。他没太在意，继续干活，没一会儿肚子疼起来，不得不去找厕所。厕所门口排着长队，五木迟迟不归，阿凯左等右等。这时，田鼠带着昨晚一块打牌的几个人走过来，就跟久别重逢的战友那般激动地喊："嗨！阿凯兄，你在这里呀！"阿凯一看来者，脸唰地红了。他们显然是来要债的。

　　"怎么样，哥们？卖了多少只桶啦？"

　　"没有卖几只。"

"甭骗人啦！"

"真的……"

"走！咱玩玩去！"

"我……我没有……钱……哪……"

"甭管钱不钱的，又不是来向你索债的！……昨天的嘛，看在你是田鼠兄弟的分上，就此清零好啦！都玩玩的嘛！"他们一共四个人，除了田鼠，还有一个留着长头发，样子像磁带封皮上的齐秦；一个理寸头，麻子脸，据说他是练拳击的，敦敦实实；还有一个又瘦又小，戴一副黑框近视眼镜，像个汉奸。

"走！我们一起去看杂技表演总行了吧！走钢丝，人上站人；一条蟒蛇，足有开水瓶那么粗，缠在人身上！耍坛子，抛在空中，拿额头接住，头顶肩传。还有人吞刀、吐火……"

阿凯只在祝村看过杂技表演，有人骑一个轮子的车，有人拿一些细棍在上面转碟……

"走吧！"不由分说，那个麻脸青年推了阿凯一把。阿凯说我得在这里看摊子呢。他们就在木桶上坐下来。阿凯的肚子又咕咕、咕咕地叫个不停。他饿得有些头晕了，又开始烦躁。

"你们吃过饭啦？"

"怎么的？还没吃饭？"

阿凯的眼圈就红了。

五木上完厕所回来，那几个人已经带着阿凯走了。五木心里骂了几句，继续干活。到下午集市结束，五木又卖掉三只木桶，是一个豆腐作坊老板买走的。虽然塑料桶、铁皮桶正流行，但这人还是习惯用木桶，并且夸五木，两板之间留了比头发丝还细的缝隙，做豆腐时豆浆滚沸，板一胀合，木板不走形，这样的桶反而不漏水。又说这集市上就你一家还在用篾箍，而不是铁丝，铁丝一到冬天会从桶身上掉落，而篾箍不会，因为它和木板冷缩程度一样。遇到懂行的顾客这样夸自己，五木有些飘飘然，拿出一把竹楔说，这都是在桐油里煮过的，一百年不烂。两人如高山流水遇知音。这样，五木的心情就好了。

等那个人来回三趟把木桶拿走，天近黄昏，赶集人渐渐散去。眼看着西边晚霞满天，又是一番山里人难得一见的景象，五木想起阿凯还没有回来，心情就一点点差下去。

五木怎么也想不到，阿凯又会一夜未归。对于这个愣小子，他已经失去耐心。当又一天清晨来临，五木坐在雨棚里心绪不宁，因为他又想起了未来岳父的叮嘱。老人家固执，在家里唯我独尊，美琴非常怕他。假如他听说自己儿子跟着未来女婿赶场，不但没有让儿子从"劳其筋骨，饿其体肤"中得到教育，反倒成了夜不归宿的浪荡公子，一定会迁怒于这个没用的女婿。五木有些后悔带阿凯出来。

十月十五上午十点零三分，五木看见阿凯跟一个贼似的畏畏缩缩，从人流里钻出来。他悄悄拿了一根木棒，真想狠狠拍打这个年轻人，站起来时又放下了，但是最终没有忍住，他冲上几步，一把扭住阿凯，吼道："你他妈的，都野哪儿去啦?!"阿凯被眼前这个瘦子拎住，轻声说："没哪儿去。"五木说："你爹交代，要让你跟着我吃点苦，你明白吗?"阿凯死气沉沉道："挣钱不容易，就连傻瓜都知道。你放开我!"五木松了手，大口喘气。阿凯眉毛上拧，努力睁开眼睛。

刚才在路上，他心里其实非常害怕，想这晚上又输了钱我该怎么办？等到五木真发这么大火，反而不害怕了。他找到五木从旅馆租来的那套被褥，倒在上面没一分钟就呼呼睡去。

五木怎么也想不到，阿凯岂止贪玩，他是在外面通宵达旦地赌钱，已经欠下一大笔债。要是他知道他这么混账，那几个平原人这么狡诈，就不会把卖木桶的钱都放在身上。他会在这天下午把剩余的木桶贱卖，然后带着阿凯连夜回到山乡。那么，这后面的故事就发展不下去。

事实胜于假设，它也不会为谁负责。

阿凯赌博的事情败露于第二天，即十月十六早上。

那天是罗埠集市最后一天，很多小商贩随时准备收拾东西撤离。有着急的，开始喊跳楼价、自杀价。但是卖木材、竹器、农具的，包括卖木桶的，不同于那些卖衣服鞋袜、小商品化妆品的，那些人可以薄利多销，甩卖完再去义乌小商品市场进货，他们却不可以。因为他们的东西大部分是自己生产的，资源有限，贱卖完，还得辛辛苦苦再生产，不划算。

五木算了一下，这次出来还算运气，木桶已经卖得差不多了，剩下还没拼装的很少，不像井下村那个卖竹器的老筋头，和尚村那个卖车架的百事通，他们剩下来的东西多，拉回去丢脸。老筋头走过来抱怨，现在竹篮子、竹箩是彻底没人要了，被塑料制品打败了。五木倒有信心把木桶全卖掉。只是，看到还赖着没有起床的阿凯，心情快乐不起来。这都什么时候了，你就破罐子破摔吧，不管你！五木拿了一只木桶样品，上面搁一块纸板：山乡木桶，保本售卖！

四

　　阿凯自怨自艾、半死不活地躺了不知多少个钟头，终于起来，想到这最后一天必须还清赌债，还不知道怎么向五木开口，心又凉了半截。他昨晚几乎没睡，想五木会不会给他还债，想这事回去怎么交代，想田鼠跟那几个人什么关系。后来就越想越觉得不对。关于赌博，不论打扑克还是押宝他都学过的，很少输。他跟那几个人赌的时候，也是赢的时候多，可是为什么输得这么惨！这时幡然醒悟，那几个平原人与他交朋友，目的就是要骗他的钱，给他一点甜头，赢小钱输大钱。

　　阿凯自以为想明白了，就决定再去一趟旅馆，戳穿他们的阴谋，从而拒还昨天欠下的债。他也没有跟五木说上哪儿去。事情却非他所愿，他走到那家旅馆，里面冷冷清清。他问老板，那帮小子上哪儿去啦？旅馆老板冷冷看他一眼说："你这是找他们要钱来的吗？""嗯哪。""呵呵，你还是赶紧走吧，他们退了房，正分头去找你要债呢！下次不要跟他们一起赌了，都是什么帮会的。"阿凯心里不禁一抖……

　　他赶紧跑回雨棚，果然看到那几个人又出现了。他们正跟五木理直气壮地要钱。五木跟他们论理，这个咨啬鬼当然不会轻易掏钱的。阿凯犹豫不决，不知道该去救场还是逃走，直到看见那几个人手中扬起一张借条，白纸黑字上摁着自己的指印，他才倒吸一口凉气决定暂时避一下风头。这样，五木至少可以不承认有这事，他不会掏钱。于是阿凯跑到了一条江边。不远处，有两个人围着皮裙在杀牛……等他呆愣愣看着牛倒地，看到牛被剥皮，血浸湿了柳树下的土地，这才想起必须还清赌债的事，诚惶诚恐地赶回去，还没有走到雨棚，腿就软了。

只见几只木桶被砸破，丢弃在地上，像倒地的牛。井下村、和尚村那几个人站在雨棚外叽叽喳喳地说着什么，显然在安慰五木。阿凯的嘴唇、鼻翼不禁抽动起来，他低着头走过去，见到五木满脸伤痕，一只眼眶四周一圈黑紫色，就哇地哭了起来。他真不知道自己怎么就闯下了这么大的祸。他都不知道自己怎么就陷进去了。只记得他们说的最多的话是"不要紧的，就玩玩的"。他们借钱给他，等他将钱输光，又主动借钱给他。

阿凯被老筋头踢了一脚："你这孩子！第一次来罗埠镇咋就跟流氓地痞混一块啦?!"

其他几个山里人附和起来："你还有脸回来！你姐夫替你受过了啊！"

一个说："要不是我们及时赶到，你姐夫非得被打残。我问你，你到底欠了他们多少？"

阿凯说："我也不知道多少。"他确实记不清了，只记得最后一次在借条上摁了指印。

一个说："二百二。"

阿凯低下头，眼泪无声地涌出来。

最后一个晚上，两个人一夜无眠，经过了最初的呵斥、忏悔、哭泣、和解，其余时间里，如木桶默默无语。等到漫长黑夜过去，太阳又升起来，霞光万丈。但是这两人不会再去关心什么太阳，因为他们的眼睛好比被太阳灼伤，比朝霞更红。此时罗埠的整个赶场已经结束，公路恢复通车，小镇突然变得空空荡荡，就像前三天是一个极尽绚烂的梦，见证无限繁华热闹，如今只留下世事艰辛。

这些天算是白忙乎了，不论五木辛辛苦苦三个月，还是阿凯跟着他打下手，一切辛劳皆打了水漂。这事怎么想怎么心不甘。这是一大笔损失，一次教训，更是一次耻辱。安慰也没用。钱已经被流氓骗走，所有为自己开脱的理由、安慰的话、报复的话，都不过是自欺欺人。

两个人回到吴村，躲在家里不敢出门。

于阿凯，如果换作从前，跟五木去了罗埠镇，一去三天，早就跟小伙伴们绘声绘色讲述这次赶场的经历了。说说罗埠镇集市上摆到店外的服装，音像店里的歌星海报；说说几条公路挤得水泄不通，路旁摆满了五花八门的摊位，商品应有尽有；说说罗埠镇晚上有好玩的地方，溜冰场、电影院、舞厅，还有杂技和马戏表演。所有这些新见识，本可以成为他吹牛的资本。然而，再丰富的见识也抵不了被骗的丑闻。说它是丑闻一点不夸张，因为回山里没几天十里八村就都知道这事了。不用说，是井下村、和尚村那几个人回来说的。

而五木苦的是婚事，三个月的力气白花了，那些白白胖胖的木桶白箍了，他可惜。但是真正让他伤心的是婚事又得推迟半年。他为这门婚事，已经与准岳父斗智斗勇三年。吴村的家长不想让自家姑娘嫁在山区，众所周知，几乎成了一个传统。五木连遭拒绝之后，一方面，他要通过种种努力取得美琴的好感；另一方面，还要更加努力让美琴她爹对他产生好感。美琴爹喜欢喝酒，他就时不时拎白酒孝敬他，到了农忙时节，就天天往他家田地里跑，如同牛主动套上轭，做苦力。村里来了卖咸带鱼、海鲜干的温州人，卖黄麂肉、野猪肉的遂昌人，他都三四斤三四斤地买，全提拎到美琴家。

金宝还真就这么被五木治住了。但是，他老人家总归觉得五木这人一脸苦相，不怎么机灵，又是棺材匠出身，难成大器。又有什么办法呢，平原上的优秀青年不见得都愿意到山里来娶亲，那来了的，啊呸！有的癞头，有的瘸腿，还不如五木，至少在孝顺方面。但是，五木这次在罗埠镇的表现，改变了对他仅有的好感，因为是五木眼睁睁地看着阿凯堕落的。所以，五木在罗埠镇的损失，不仅仅在短期内无法越过聘礼这道障碍，还可能导致更大的危机。他别无选择，只能更没命地赶制木桶，寄希望于十一月初十到汤溪镇赶场，再把钱挣回来。

然而，让五木生气的是，这危机的根源是由阿凯参与赌博引起的，而阿凯呢，尾巴夹了没几天，很快原形毕露了。他不但不跟着五木加班加点，就是白天也不好好干活，说那么多钱被人骗了，一辆永久自行车没了，还干什么干呢！他要找几个好哥们去罗埠镇把田鼠他们几个打一顿，再把钱要回来。他说世风日下，山里人在平原人的坑蒙拐骗面前，靠勤劳诚实是挣不到钱的，得以牙还牙。他这么说，也准备这么做，并且对五木把钱轻易给了人家多有抱怨。

阿凯夸夸其谈："我一定要找到他们报仇。不仅仅为我自己，也是为你，为这个世界伸张正义。无论如何，邪不压正。"

五木说："你别在这里放屁。"

五

阿凯以前最喜欢平原，向往城镇生活。为此，对那些来山里买树，做手艺，卖甘蔗、辣椒酱之类的平原人，从小爱跟他们凑近乎，看他们弹棉花、摇拨浪鼓、踩缝纫机、骑自行车。比如对阉师碎玻璃的印象，就是这么来的。碎玻璃一年内只来吴村两次，一次从平原进山来，途经吴村往深山去；一次从深山出来，途经吴村回平原去。他的生活总是在路上，就像走江湖的郎中，肩上吊着网兜和布袋，年年来，年年阉，一路都是熟人。

那时候家家户户都养有几头猪，有的人家还养牛，鸡鸭养得更多，简直比人口多。碎玻璃来了无须吆喝，山里人都认得他。他每阉一只鸡收一毛钱，阉猪三块钱，后来涨到四块，阉牛就得十元。他干活利索，言语不多，谁家请他去，他就拿网兜逮鸡，从布袋里掏出一只特制铝盒，拿出刀片、竹扣、碘酒、棉球等，将它们一一摆放小矮凳上。阉鸡时，要先在双膝部位摊上一块胶皮布，拿绳子绑缚鸡的腿，然后把翅膀交叉绕缠起来，在鸡的右侧倒数第二肋骨那里找到一个"软堂"，拔下一撮毛，再用刀片割开一个口子，用竹扣把口子扩张开来，然后用一根竹篾套一根棕丝，用嘴衔住一端，另一端形成活套，瞧准了，套住两颗米粒般大的东西往上抽拉棕丝，直到将它从最根部割断……

那东西就是公鸡的睾丸。

阉师年复一年，走村串乡，阉鸡、阉猪、阉牛、阉羊，阉一切被农户认为该阉的禽畜，几乎没有失过手。但这并不是说，干他们这行挣钱十拿九稳，殊不知，半年里阉死一头猪，一年里阉死一头牛，这期间的活就白干了。那么，阉师每一次起刀，那动作就类似赌桌上的每一次下注，尤其阉大牲畜，没两下子可不敢下手。所以，阉师这门手艺同其他老行当一样需要拜师学艺，苦下功夫，但是又有所不同，阉师走到哪里都会有孩子和闲人围观，并且永远会被一些神神秘秘的男人跟踪——那些人是想从他那里得到睾丸，吃了补身子的。

阿凯记得碎玻璃开工前要预备一只盛清水的碗，工作结束后，要把泡在碗里的睾丸取出来，用一个皮囊装着带走。阉师一路阉过去，到了晚上皮囊胀鼓鼓的，每到一个地方都会有人把他偷偷请回家，男主人吃了被女主人当作宝贝的东西，那方面能力是否增强不得而知，但是阉师来了的日子，总能闻到空气中一股怪异的腥膻味。那时候，年少的阿凯做梦都想不到，有一天他会因为种种原因，与这个靠阉刀吃饭的男人产生不该有的联系。

去汤溪镇赶场，阿凯跟五木一样抱了很大希望。一是要帮着五木卖木桶，把去罗埠镇赶场被骗的钱挣回来；二是他要利用这次去平原的机会，找到田鼠他们……

汤溪镇地处罗埠镇东边、金华市区西部，是古婺州八县之一。据考证，明朝成化年间，汤溪因远离府县中心，盗贼据此为巢，官方无力剿匪，只好割金华、兰溪、龙游、遂昌四县之边隅设汤溪县。1949年后，汤溪才撤县降级为镇。从此这地方就像被人阉了一刀，再没有繁盛起来。汤溪镇有四种美味：拉面、馄饨、煎饺、葱饼。其实，这几样东西与周边小镇没多大区别，只有家家户户招待贵客的包了豆腐、葱和肉的汤团，是汤溪特色美食。但是这东西偏偏山乡也有，所以阿凯这次到汤溪赶场，已经没有之前到罗埠赶场那般兴奋，他把更多精力放在了寻找田鼠等人的踪迹上。

不料，那几个家伙还真出现了，大模大样，正准备故伎重演！阿凯二话没说，立刻去找同村的伙伴。那几个从小玩到大的伙伴，是跟着阿凯一块出来卖扁担的。阿凯唤上他们，每人拿一根扁担，直奔刚才见到田鼠的旅馆。旅馆老板见来者气势汹汹，想加以盘问而不敢，于是眼睁睁看着这帮人敲开一间房，领头那个见到人就举起扁担朝开门的劈过去，其他几个纷纷效仿，噼里啪啦，几个回合就把房里几个流里流气的平原青年打得抱头鼠窜，哀声求饶。

但是，阿凯随之为胜利付出了代价。

阿凯几个狠狠地揍了田鼠他们一顿，正要收手离开旅馆，不料汤溪派出所的民警已经赶到。显然是那个旅馆老板报的警。阿凯他们想要逃跑、反抗，但是心生害怕，象征性地挣扎几下就被带到了派出所。民警把所有人关了起来，当然，两拨人是分开关的。审问后，那些流氓先放走了。一天之后，又放了跟阿凯一块出来的伙伴。但是作为此次聚众斗殴的罪魁祸首——阿凯，比其他人多关了一天。当他出来的时候，是汤溪集市的最后一天，天空下着毛毛小雨，这雨打湿了前来赶场的人，狼狈不堪的商贩们正准备离开。

阿凯回到五木的雨棚，他正收拾东西。可能下雨的缘故，这次出来赶场没有遇到什么回头客，木桶只卖了一半。五木心情郁闷，见闯祸的阿凯不声不响地盯着自己，他站起来，走到阿凯面前，突然伸手给了他一个耳光，啪！阿凯一个激灵，没想到五木敢这样对待自己，气得他胸脯顶撞对方胸脯，但是没有将拳头打出去。

"你凭什么打我?!"

"你这个……的东西!"

"是他们骗赌,专门物色山里人,一个个被骗去旅馆。我教训他们,有什么错?!"

五木阴着脸,又开始收拾东西。阿凯心绪难平,站在一旁发泄情绪,说:"我给你干活这么久,你给我开过工资还是买过一件衣服一双鞋?我是你的奴隶吗?我被抓了,从头到尾你没来派出所关心一下我的死活,你还有理?!"

五木怕阿凯回去说这些,口气不得不软下来:"你想想吧!我一个人管一个摊位,走得开吗?"

阿凯说:"我有你这么一个亲戚,是我姐瞎了眼!"

与去罗埠镇赶场回来相似,两人回到村里后深居简出。

这样下去,阿凯非得再惹出什么麻烦来不可,五木总觉得。但是,如果不善待这个愣头青,情况只能更糟糕。毕竟他才十八岁呀,谁年轻时能懂事呢?记得自己第一次出去赶场,比阿凯还兴奋,看见摸奖的台子五毛钱摸一次,跟疯狗样,摸掉二十块,奖了一支牙膏。为了凑齐聘礼,他也只能更勤快地干活,多储备些木桶,等到来年再去赶场。其中,罗埠镇是重中之重,虽然上次赶场因为阿凯损失惨重,但是那里有他的老顾客、好

168

口碑。

阿凯回到村里，头几天闷声闷气的，但是当看到与他同去赶场的人一个个神采飞扬地在代销店、经销店吹牛，说汤溪集市多么多么热闹，见了多少多少世面，姑娘打扮得多么多么时髦，跟阉师徒弟田鼠如何如何打架……阿凯也开始活跃起来。

阿凯一直觉得，他在罗埠镇被骗、在汤溪镇被抓，是非常丢人的事情。事实上，当阿凯口口声声宣布要去找田鼠复仇的时候，他想到的仅仅是雪耻，挽回一点点颜面。在派出所，他感到很对不起几个小伙伴，不料一回到村里，此等经历竟成了大伙吹牛的底气，也就释然了。相比之下，他才是这起事件的主角，于是也绘声绘色地讲述起来。不久，阿凯带人打架的事情都知道了，这一回人们不像他从罗埠镇回来那次一样加以嘲笑，而是报以赞赏。皆因阉师徒弟田鼠的惯用伎俩让人瞧不起，认为被打是活该。阿凯当然高兴的，因为这件事他反倒在年轻人中声望渐涨，有一个叫阿花的姑娘，甚至还对他表示了好感，他把她偷偷带至一到晚上就空空荡荡的大会堂，两人在那里有过好几次最亲密的身体接触。但是阿凯从街上回到家中，情况就不一样了。他爹对他彻底绝望："你这个孽种已经没治了。"他姐也没有给他好脸色，因为他赌博输掉的钱，正是她等着五木娶她的聘礼钱。

转眼到了来年正月，过了立春，离罗埠镇、汤溪镇的集市越来越近了，吴村有几个脑子活络的人、做手艺的人，都准备跟着五木去赶场。他们中有挖草药、采野蜂蜜的，有做扁担、锄头柄的，有做斗笠、蓑衣的，还有篾匠改行做痒痒挠、竹筷子的。他们都想在种地以外搞点副业，勤劳致富。不管怎么说，守在山里钱不会自己掉进口袋，把山里货拉到集市上去卖多少能挣上一笔。至于平原上的流氓地痞，自古就有什么帮会，也不是今天才有的，多留个心眼少招惹他们，难不成惹不起还躲不起吗？

阿凯却有些矛盾。他当然还想去外面世界"闯荡一番"，但是鉴于两次赶场均遭挫败，他心理方面竟然产生了一丝抵触。再加上他想到去赶场，舟车劳顿，吃不好睡不好，还可能遭到田鼠等人的报复，更是烦躁不安。偏偏这时候，几个小伙伴来找他。他们是牛栏囝、路兵、利群以及集宝、集盖等人。这几个早已忘记在汤溪镇被派出所关押的滋味——或许记得，只不过贪玩的冲动压过了对现状的判断。阿凯不想被人看到他的胆怯，至少表面上不能有认尿的嫌疑。所以，他高调宣布要带他们去罗埠镇，如果田鼠他们还敢造次，他们将再次治一治这帮平原贼。为此，他们几个总是凑在一起，喝酒打牌，吹牛。

五木担心这帮人跟着去了罗埠镇，又要与平原上的年轻人干架，殃及他的婚姻。为此他去征求美琴家的那位统治者，问今年要不要让阿凯跟着去。

金宝斩钉截铁："去！送他去死也要去！"

五木无语。

六

再一转眼，季节已经翻过雨水、惊蛰、春分，时间像气温一样节节攀升。五木在这段日子挥汗如雨，没日没夜，已经劈好足够多还没有深加工的桶木，堆在屋后柴房，像摞着一堆锯短了的棺材板。又由于长时间连轴转地干劈木头这道工序，他不但厌倦了桶木批量生产过程，两只眼睛也因为劈的时候老睁一只，变得一大一小了。所以他决定先停下来，趁这个厌倦期，把自己结婚用的"新媳妇桶"做出来。

所谓"新媳妇桶"，是女子出嫁时，娘家为新娘准备的陪嫁之一。一般要箍这几样，即脚桶、浴桶、马桶、带把的提水桶（新媳妇生孩子时，要用这桶装新生儿洗澡用的热水）、生育盆（当孩子生下，剪断脐带后，要放到盆里洗净）、孩倚桶（圆锥形，里面有坐板，孩子可坐于桶内，拿掉坐板可倚站），以及挈盘、花鼓桶、梳妆盒之类。做这些桶状木器，都要用上另一套功夫，就是雕刻。这功夫五木还是跟棺材匠师傅学的。他准备照着工艺美术书，在这些器物上雕上"龙凤呈祥""观音送子"之类。

五木说干就干，当他一样一样地为自己的新娘和未来的孩子，制造出一样一样精美的木器，到了雕刻喜庆吉祥物这道工序，时间已是农历三月。谷雨，这是春季最后一个节气，寒已尽，暑未至，田野里油菜开花，小麦抽穗，秧苗一片绿油油。由于气温回升迅速，开始有炎热之感。这个季节，空气中散发着浓烈的抽青气味，夹杂着奇异的、催使动物发情的信息。动物不像人类每个月都能发情，动物中的大部分雌性只在这短暂时期吸引和接纳异性，找到体格强壮、好勇斗狠的雄性，急不可耐地完成季节交给它们的任务。据说这与提高后代的成活率相关，因为这样繁殖出来的后代，一般不会体弱多病；另外，动物孕期短，春天交配夏秋季就能产崽，这样能保证母婴都有充足食物可吃。

五木虽然是人类，美琴当然也是，没必要赶着趟子交配产子，但是他们体内一定残留着动物春季发情的习性。所以这期间，当五木为心爱的美琴打造马桶的时候，会忍不住想象美琴的屁股；当他在梳妆盒上雕刻

"十八相送""鸳鸯成双"等时，内心不禁掀起一阵波澜，仿佛美琴那结实的身姿跃然眼前；当他为美琴做生育盆的时候，想象他们的孩子就要呱呱坠地。虽然美琴每隔几天就会来看他，与他在刨木花堆里拥抱亲吻，但是他不满足于此。他恨不得早日突破美琴的最后一道防线，与她早日结为真正的夫妻。但是，什么时候才能把美琴娶回家呢？五木想到这个问题，不由得停下手中的活，黯然神伤。

他家里除了年迈的母亲，就剩下他自己，家里穷，又没有人帮他……

那是再普通不过的一天，天气越来越热，阿凯正和几个人蹲在桥头比试掰手腕，阿凯赢了牛栏囝，牛栏囝不服，要与他比试抱石头，看谁能将桥下的大石头抱至桥上再扔下。阿凯抱着百来斤的石头，弓着腰，噌噌噌往金塘桥上跑。这时候，他并不知道，厄运就像那块石头，等着将他砸伤。

"不好啦！阉师进山来啦！"突然，路兵从桥的另一头边跑边喊。阿凯手中的石头差一点滑落。倒不是因为害怕，而是这声音又尖又细，不管喜祸都让人紧张。阿凯真想掴他一嘴巴。"他妈的，你缺根筋啊，他来了又怎么样？"

"早上去井下村吃油条，路过他们村大会堂，听到公鸡没命叫唤，我就想……"

"田鼠来了吗？"

"嗨！那个不要脸的流氓！他哪还敢来……"

"他妈的，下次到镇上去找他算账！"

"来了一个其他的，一块儿的那个。这个平原贼，看到我，还假装不认识……"

"好啊！是留长头发那个吗？不管哪个，只要敢踏进吴村一脚，我们就采取行动。该挨刀子的平原贼！"

可是那几个青年表情复杂，显得犹豫，你看看我，我看看你。阿凯这才发现，路兵这一通"阄师进山来啦"并非喜报。"据说那是碎玻璃的干儿子哩！"

阿凯咬着牙说："算了，我一个人就能收拾他！"

阿凯做好了一个人迎战的准备，如何让阄师那个徒弟跪地认错。至少在最后结果上，给那些胆小鬼做个典范。他知道他们有所顾虑，是因为碎玻璃。那家伙一脸僵尸肉，总拿"小心阄了你"的眼神瞧人，他凭着古老的手艺和一副骇人的僵尸样，在他走过的地方确立了一个阄师的威严，所以村里的牛栏团等人不想得罪他。但是阿凯无所谓。他虽然没有跟五木好好学箍桶，两斤重的斧头却是拿过几个月的。难道打起架来，一把斧头干不过一把阄刀？！

阿凯回到家，吃饱后不再出去浪荡，因为他在等阉师和他的徒弟到来。这事对他而言是一件大事。一个人做大事前，往往变得安静。他已经十九岁了。在吴村地界上，如果白白放过参与骗他钱的仇敌，相信连傻瓜都会藐视他。可是时间过去三天，吴村的鸡鸭猪狗安然无恙，一声禽畜的惨叫都没听到。井下村显然没有那么多禽畜可阉的。一打听，才知那两人从坞头村翻越乌牛山，直接进入金塘河上游，绕过吴村进深山去了。

刚开始，阿凯以为他们不来吴村阉割是害怕，对他有所忌惮。他跟那几个小伙伴吹牛，说他们绕道而走，是怕我揍他哩！很显然，村里不少人也这样以为，阉师带着徒弟躲过吴村，不就是为了避免流血冲突吗？没有人来告诉他们，事情不是这样。

阉师师徒进山以后，吴村人一如既往地生活：村里有八十岁的老人死了，他被抬棺材的装进棺材，那棺材还是五木改行之前做的；村里一对男女青年结婚了，有光棍偷听洞房，趴在墙根被蛇咬伤；国梁为了当村主任，兜里装着香烟，四处拉选票……而更多人，一如既往地日出而作落而息，就像土地上那些规规矩矩的庄稼。

让吴村人接受不了的是，动物们就不一样了。那些发情的动物，发情期还没有结束。野猫彻夜叫春，一声声凄厉。鸟类还在林子里飞来飞去，雌鸟没有拒绝雄鸟靠近。哺乳动物生殖器充血，雌兽还在接受爬跨。只有雌性螳螂，因为无法忍受交配的麻烦，任务完成后扭头就吃掉了雄性螳螂。只不过这一切发生在大自然，眼不见为净。而那些自家饲养的动物，因为没及时阉掉，到了立夏，刚刚长出鸡冠的小公鸡，整日追逐母鸡踩背，或者与其他公鸡打架。黎明时分，整个村庄响彻喔喔的鸣叫，谁也睡不成回笼觉。家里的猪不好好吃睡，一天到晚跳栏；而如果将它斩除情根呢，就没了欲念，从此憨吃憨睡，长膘快，肉质鲜美。

　　一般而言，在山乡其他村庄，狗是不做阉割的，自由自在。但是在吴村，大部分人家会把狗也阉掉。这主要源于狗总是明目张胆地在村街上交配，看到自家母狗与别人家公狗纠缠一起，不少人认为丢人、有伤风化，便抄起扫帚驱赶，有气性大的甚至将公狗打残，引发人与人的仇怨。而在本村得不到满足的公狗为了寻找新配偶，一天可以跑遍周围八十公里的范围，当它跑出吴村地界往往就有去无回，被外村人吃掉。所以，请阉师来家里阉鸡阉猪时，狗主人往往会把狗唤到阉师跟前，将它交给阉师。

　　此时，回想起往年碎玻璃来到村中，家家户户逮公鸡、抓小猪的情形，再面对这年没被阉割的禽畜野性萌发、骚淫异常，主人不堪其扰，人们才发现阉师之重要……

七

村里人态度与立场的转变，阿凯是想象不到的。随着气温继续升高，四月初八罗埠集市、四月十六汤溪集市就在眼前。五木因为插手"新媳妇桶"而耽误了箍其他桶，因此喊了阿凯帮忙赶做。其实，干点体力活对此时的阿凯来说是一种情绪释放，因为自从发现小伙伴们的"背叛"，他心情郁闷，很少找他们玩了。于是四月初六那天，阿凯就跟五木，还有那些挖草药采野蜂蜜的、做扁担锄头柄的、做斗笠蓑衣的村民出山了。

一行人浩浩荡荡，每一辆独轮车上捆缚各自货物，就像古代运粮草的步兵。在五木带领下，他们乘船渡过水库，大家相互协作、你推我拉，将货物运上大坝，又从之字形机耕路下到坝底。而变故，就发生在他们赶往罗埠镇的半路上。

祝村是山乡乡政府所在地，路过乡政府大门口时，突然一声喝令，独轮车全被拦下了。说是山乡已全面封山育林，木材不准再运出山去。木材自然早就运不出山去了，除了那些有特殊门路的树贩子。但是用木材加工而成的各类木器，一直没有定规。但是这一次连扁担、锄头柄都不行。那几个戴红袖套的人说："只要是木材做的，只要直径超过胳膊粗的都禁止出山。这几样难道不是吗？"

五木不知道说什么好，他的脸色跟猪肝一样。每一块桶木，都是他用暖水壶那么粗的杉木对半开，再一斧一斧劈成的。乡政府大院内同样吵吵嚷嚷的，那是比他们早一班渡船出来的人在喊叫，挣扎，听着毛骨悚然。他扶着车把，就地坐下来，他想到了一个梦。前几天，他梦见自己的眼睛被一个面目模糊的、莫名其妙的巨人刺瞎了，眼里流出了血，通红一片。他把眼睛闭起来，又看到了可怕的血，再睁开眼，眼前却一黑……

没有人知道五木心里想什么。太阳酷热，晒得人头昏脑涨，见五木放弃了跟乡干部辩理，允许出山的那几个，比如挖草药、卖野蜂蜜、做蓑衣的，就继续上路了，被禁止出山的那几个，则效仿五木坐下来。他们看五木的猪肝脸慢慢恢复原色，但是又显得过于苍白了。突然，五木瞪着眼睛，一眨不眨，木木愣愣的，就都同情起他来。五木是个老实人，都知道，他没有别的什么愿望，就是想娶一个女人。他们知道他为了实现这个愿望，被多少人家拒绝过，现在终于有美琴答应嫁给他，就等着办喜事了。他们想，自己的东西拉不出去卖就算了，可是五木等着卖钱急用啊！这么想过，就交代阿凯："你跟姐夫再坚持看看，没旁人时你去说几句软话，说不定能放你们过去的。"交代完，他们就推着独轮车回去了。

十一点的钟声响了。不远处山乡初级中学的钟声，阿凯是熟悉的。听到这个，肚子咕咕叫起来，他想到学校食堂，打开铝制饭盒，一股白汽冒了出来。阿凯准备去问问五木该怎么办，要不要换他去哀求人家。他想吃午饭了。不料，五木从地上站起，先他一步走向那几个戴红袖套的干部，说了一些什么阿凯听不到，但肯定是一堆"软话"，可对方就当没听见。只见五木可怜巴巴地站着，等着他们转过脸来好接着哀求，那几个人始终没有转过脸，倒是相互敬烟，嘻嘻哈哈，说起什么笑话。阿凯有些看不下去了，鼓起很大勇气走过去，平生第一次磕磕巴巴地说了一些"软话"。不料，那几个人同时把脸扭向他。

"滚你的'可怜可怜你们'，毛没长全的东西！可怜你们了，谁来可怜我们？这里轮不到你说话！"

阿凯内心被刺痛，额上汗水直淌，但是也没有办法。正尴尬之际，五木拉他离开，回到各自独轮车旁。五木说："我们回去，不卖了。你先推着车走。走，走呀!"阿凯只得调转车头,往回没走几步,就听到身后响起五木渐行渐远的脚步声,转身就看到五木攥紧车把,推着独轮车朝横杆方向冲去,就像推着一辆战车,越跑越快……

回来只剩阿凯一人。五木和他那一车桶木都被扣留了。阿凯推着他的一车桶木走上大坝,一边推一边泪水横流,他想把车上的桶木都扔掉,就是这些东西让五木一次次受苦。但是又想,扔掉能解决什么问题?只会他妈的更窝囊。

阿凯是眼睁睁看着五木结结实实地撞向横杆前那几个人的,又眼睁睁地看着五木被一群人制伏的。被制伏的五木发疯一样叫喊,说他不能再等,他一定要拉木桶去罗埠镇卖掉,他已经三十一岁了,再等下去,没有人愿意嫁给他。五木把嗓子喊哑了。阿凯虽然人高马大,那时候却吓得双腿发软。可是,他怕五木将来会怪他没有施手援救,出于种种考虑,他战战兢兢地去劝架:"别打他了,他是我姐夫,特别老实的人,他为了这些木桶,上山砍树,一斧头一斧头劈木头,他前后忙了几个月啊,你们就行行好,饶他一次吧!"一个人走过来,狠狠地打了他一下:"小子!不是说了嘛,这里轮不到你说话!你再不走,连你一起抓!!"

阿凯吓得噤声，脑袋一片空白。离开的时候，五木已经被铐在乡政府的一间空房子里，等着汤溪派出所的人来拘押他。或许要拘留半个月，甚至被判刑，因为五木不但把横杆撞断，还把一个乡干部撞骨折了，其他几个也摔出去老远……

阿凯一路上都在责备自己，为什么就不敢跟那些人拼命！如今搞得自己像个逃兵。回到吴村，阿凯没脸面把独轮车推到五木家去，担心他的老母亲受不了。等他推着一车桶木进了自己家，就看见爹娘正拿扫帚赶猪进栏。那猪七八十斤重了，在院子里上蹿下跳，因为没有及时阉割，猪尾巴下面的囊袋里鼓出了两只睾丸，胀得囊皮紧绷发亮。

见阿凯回来，父亲拉下脸："你……怎么，又拉回来啦？"

阿凯不敢说五木被抓的事，只说自己不想去赶场，路太远了。

"粪桶，饭桶！你什么都学不会，除了丢人现眼！我怎么就生了你这么个没出息的！"父亲就像雷管一点就着，骂了阿凯足足一刻钟，就连那头躁动的猪都吓得老实了，自己进圈了。金宝接着又骂五木："那个笨蛋，若是这次回来还拿不出聘礼钱，休想跟我女儿结婚！"

八

夜终于来临，阿凯又累又困可是无法入睡。他以前睡前最喜欢幻想长大了以后，如何如何去平原去城市闯荡。他看过这方面的书，包括一些电视剧，虽然看的是黑白电视机，但是杭州、上海、广州、北京的标志性街景，在他印象里都自动转换成了彩色的。而今却发现，哪儿都让他讨厌让他烦躁。阿凯越来越感到人活着是如此憋屈。

他家不远就是稻田，远远近近的青蛙，不知为何叫得一天比一天凶。远处的山上，野猫通宵达旦叫春，呜哇呜哇，如婴儿号啕般高亢。这都什么季节了，不是说母猫每次发情期三四天吗？猫叫声在子夜过后渐渐远去，阿凯翻一个身，又听到自家公鸡开始啼鸣。他家以前只养一只公鸡留种，其他的都会请阉师阉掉——现在，吴村的黎明被这些没有阉掉的公鸡提前了整整两个小时，天没亮就开始啼鸣，此起彼伏，与蛙鸣、狗叫声连成一片。天亮了，有人发现猪从圈里逃走了，牛把木栅栏撞开了，鸭子飞到了屋檐上，公狗母狗尾部相连，见人驱赶跟跟跄跄地逃……"呸呸！真是晦气！"有人见到狗交配，吐口唾沫在手心，往额头上抹抹，并且念：

"丹朱口神，吐秽除氛。"

"思神炼液，凶秽消散。呸呸呸！"

那天阿凯出门，就遇到自家母狗在街上公然做那种事，他恼得踢了公狗两脚，却忘了怎么念辟邪口诀，只得跑回家用热水烫洗那只沾染晦气的脚。果然不多一会儿，就来了一桩坏事。陈洪贵牵着一头两岁左右的牛进到院里，见到阿凯就嚷嚷："阿凯！叫你爹金宝出来！"阿凯慌忙套上拖鞋去叫。

洪贵说："金宝，我告诉你，我家的牛废了，你得赔钱！"

金宝丈二和尚摸不着头脑："你家的牛废了，跟我有屁关系。"

洪贵说："村里最近臊气烘烘的，要出事样，你没听说吗？"

"那又怎么样？跟我屁关系！"

"怎么？要不是你家阿凯在镇上犯下那事，碎玻璃能丢下吴村直接进山去吗？！我告诉你，我家的牛就因为没及时阉掉，不好好耕地还去招惹是非，见母牛就挂着那东西奔过去骑。结果呢，你看吧，被老榔头家那个傻儿子一刀甩过去，把它的命根子斩断啦！你说说这是什么事！老榔头只答应赔我一半钱，他说另一半得由你家来赔！"

"滚——你们休想——"

"你不承认？这鸡飞狗跳、猪骚牛躁的日子，你敢说跟你家阿凯没任何关系？!"

听着这些，阿凯有些忐忑。他早就看到牛的胯下在滴血，但是不知道是这个原因。再一看，地上已经滴了一摊。他知道父亲是个死要面子的人，当然一个子儿都不会赔的，再说有什么理由赔呢。两个人争吵不休。左邻右舍都跑来了，纷纷诉说自家禽畜不似往年那般好养。有的说，家禽家畜就像被人放了蛊，这样下去非出大事。有的说，养猪的那个康良都快急疯了，真要养出几十头种猪，肉没人要的。有的说，已经多少多少个夜晚没睡成觉，不明白今年公鸡为什么比往年多。这时候，一直站在院门口观望的萝卜根走了进来。原来，他家养了三百只鸡，光鸡苗就花了不少钱；准备母的留着下蛋，公的阉了养到过年正好可以卖阉鸡。可是，打死他都想不到今年阉师会不来吴村，这一耽误，小公鸡就都大了，整天打架，争抢母鸡，有的鸡脖子上的毛被啄光了，有的斗死了。

"你们想啊，公鸡多了能安生吗，公鸡跟公鸡为母鸡打！一只公鸡霸占五只母鸡也不想分给体弱的公鸡一只，连头颈低垂、爪子划地、斜着身子往母鸡身上靠过去都不行，那体弱的公鸡就气得鸡冠发黑生瘤子，看准了，专啄交配时只顾快活的公鸡的眼睛，已经瞎了三只啦！我也不知道为什么这么倒霉，刚刚借钱想办一个养鸡场，就遇到这种事情！我想了，这一定是五木这个王八蛋出的馊主意，是我没有把女儿许配给他，他现在终于有着落了，这小肚鸡肠的东西，就让阿凯去得罪阉师徒弟，再让阉师用这样方式报复我！"

大伙这么说着说着，抱怨与愤怒如浊浪滚滚。阿凯刚开始还准备帮着父亲驱散这些人，但是听萝卜根讲述养鸡的故事竟然听了进去，听到最后几句就完全蒙了，没想到一个人讲起歪理来自有一套严密的逻辑。更可悲的是，洪贵也一定被萝卜根讲的故事吸引了，当他掺和着说"凭什么要让全村人陪着受罚"等等，一回神，发现被斩根的牛已经站立不稳。牛失去重心，轰隆一声倒在院子里。只听洪贵"啊！啊！"地号啕起来："你可是我家最后一笔大财啊。你怎么就这么没了啊！分田单干的时候我运气不好，没有分到好牛，这是我自个掏腰包买的啊！原准备驯养好了，以后可以给人耕地，跟人一样赚钱……"

看到洪贵撕肝裂肺的，人们纷纷去劝。有眼窝浅的，听说他去年是借钱买的牛，家里每天吃糠咽菜，孩子想吃肉，啃指甲啃得出血，就陪着他抹泪。说起来，洪贵与金宝都是陈氏后代，这下子牛死了，死在自家院子里，金宝的心软了。一头牛，就是一台黑白电视机的价钱哪。金宝喘着粗气走到躲在角落的阿凯跟前，当着众人的面狠狠地捆了他一个耳光：

"你个不争气的东西！让你跟五木去赶场，是让你跟阉师徒弟去赌博去打架的吗？你不想想，你是什么人，他是什么人，你偏偏要跟他去作对？你个败家子！书你不爱读，活你不爱干，让你跟着学手艺，你不好好学……我打死你！"

村里人终于决定派人去请阉师回来，但是又不知他上哪个乡了。萝卜根费了一番周折，将口信带到遂昌县。阉师传话过来，说他忙完那边的活下个月从古盐道返回。这个消息让吴村人看到了希望，虽然等到下个月家畜大了阉割起来要多费点力，并且多收点钱，但是总归比这样一直野下去强。这么一来，大伙在吃过那头倒霉的贱卖了的死牛的肉之后，也就很快忘掉了洪贵家的悲伤，谁让他家的牛等不到这一天呢。

那段时间，人们对阿凯的怨恨也不像之前那么深了。人心都是肉长的，只要阉师还会回来，何必跟一个毛头小伙过不去呢。以前跟阿凯玩得比较好的几个小伙伴牛栏囝、路兵、集宝等，又来找他打牌，但是阿凯用冷眼打发走了这些人。他不能接受有难不能同当的狐朋狗友。他宁愿一个人待着。他有空就磨一把刀。磨完刀，就开始写信。信是写给五木的：

> ……我对不起你，姐夫。你是因为我才会第三次去山外赶场的。要不是我，二百二十块钱就不会损失。我不是故意的，我不知道那畜生会骗我钱！更没有想到事情会发展到这地步。你要在狱中好好改造。我会劝我姐姐等你回来的。

可能写信本身带有倾诉功能，阿凯常常写着写着鼻子就酸起来。他想五木这么一个老实人，怎么就成了阶下囚；而自己，一个曾经终日想着去山外闯荡的人，怎么就被困在了大山，不得不接受众人的冷嘲热讽。从某种意义上说，他和五木是一类人，看不到希望的人。他在信中这样写道：

> 如果你刑满释放回来还做木匠，我愿意跟着你好好学手艺，不管学箍桶还是学打棺材。我们再把钱挣回来……

写完这几句，他又怀疑自己是否真的愿意吃这种苦，就画了去。因为到那时候，他希望自己已经是一名军人。他思来想去，可能唯有当兵能实现他逃离这地方的梦想。尽管父亲一直反对，因为他是家中单传。但是，他还是决定初冬的时候去验兵。首先，他要在穿着打扮、言谈举止上不能像以前那么吊儿郎当，这样，才能赢得民兵连长国梁的好感。其次，要开始锻炼身体……

然而，姐姐对五木的变心，又让他变得狂躁起来，他连出门都感到没脸面。

美琴是无意中看到阿凯一直在给五木写信的。她虽然没有拆信看内容，但是也能猜到阿凯为什么这么做，大体写了什么。他不就是因为五木坐了牢而感到内疚吗？

有一天，她找阿凯说："凯，这一件件不顺的事情发生了，但是跟你没有直接关系，五木不会怪你的。我要和他分开也不是因为你，他心里清楚的。这都是命。我们生在大山里，命本来就不好，可我们偏偏不认命。实话说，我其实从一开始就看不上他，还不是因为年纪大了，怕找不到婆家。没想到他耽误我这么些年。我没有什么对不起他的。他如果有能耐，早就把我娶走了，拖到如今这步田地，他怪谁呢？如今再让我等他三年，我是不会再等的啦!"

阿凯非常吃惊,他从来没有想到他们两个会这样散了。"那、那他回来怎么办?"

美琴说:"这我管得着吗?我已经二十六岁了呀!再等他,就二十九了……"

阿凯如遇当头棒喝。他当然希望三年后,美琴还能等着五木。这样,一家人才不会被人戳脊梁骨;这样,他见到五木时才不会羞愧难当。但是他怎么能说姐姐你再等下去?一个女人能不能找到好老公,就剩这两年了。

阿凯扭过脸去,他不想让姐姐看见他的痛苦。他也不再给五木写信。他不想信中的一次次承诺,最后都变成了谎言。

九

这时候康良等人终于听说阉师要从深山出来了。说前几天有人看见他在井上村,又过几天有人说他到上阳村了。萝卜根和康良相约去接阉师出山。他们一天都不能等了。萝卜根家的鸡打架死了十只,瞎掉七只,断翅膀断腿的更多。他虽然又去孵化场买了鸡苗,但是天热了小鸡难养,拉白屎。康良家的猪倒不像鸡那样相残,但是胃口太大，光吃饲料不长肉只长骨头。这是小猪成长为种猪的基本体貌特征，皮粗肉糙骨架大。为了免除后患，唯一可靠的办法就是早日阉割，让它们成为阉物。

他们在山庙村截到他时，碎玻璃嘴里叼一把小刀，正准备将一头四十来斤重的母猪摘除"花头"。所谓"花头"，就是母猪的卵巢。那母猪被碎玻璃一脚踩在地上，一个陌生的、看似第一次进山的徒弟在一旁协助。碎玻璃用左手中指顶于猪左髋关节处，拇指用力压在切口处，右手执刀切开腹壁，穿透腹膜后，再用弓片将伤口拉开，然后掏出一根肠子一样的东西，一刀割下。那个瞬间，被阉割的猪的叫声突然升高，刺疼人的耳膜，仿佛玻璃都要碎掉。

一切结束，猪站起来跌跌撞撞走开，萝卜根才毕恭毕敬地上去跟碎玻璃打招呼。碎玻璃对萝卜根的到访极其冷淡："吴村？当然想去喽。可是阉割这个行业，是讲规矩的，结仇的村子不会去的。这不是我跟吴村人有仇，而是你们吴村人跟我有仇。懂吗？"

萝卜根说："怎么会呢！怎会跟您有仇呢？我们盼您来，天天盼，盼了三个月啦！"

碎玻璃说："我还是那句话：那打我徒弟的人，不亲自向我认错赔礼，我是不会去的。"

康良央求道："您是远近闻名的阉师，大人有大量，您看这样行不行，由我们两个代他向您道歉行吗？就看在我们这些一直恭敬您的养殖户的面子上，去一趟吴村吧！我们回去就帮您教训那小子。您说吧，该怎么教训他？"

碎玻璃不屑道："你们以为道歉是去厕所出恭吗？那你们回去把他拉的屎用嘴含着来！"

萝卜根赶忙捅一下康良，让他闭嘴。

碎玻璃说："我阉了那小子都难以挽回我的损失。教训？能怎么教训？我的名誉被他严重败坏啦！我本来不是那种斤斤计较的人，但是你们去各村打听打听吧！我现在走到任何一个地方，遇到第一件事是有人问我，你徒弟是不是在镇上欺负了山里人？该挨刀的，我碎玻璃光明磊落大半生，靠手艺吃饭，铁骨铮铮，没有亏欠过任何人……"

萝卜根和康良一味地点头，他们能怎么说呢？

"你们吴村那小子不但冤枉我徒弟在罗埠镇赌博骗钱，而且还敢在汤溪镇带人揍伤田鼠和一帮子其他人。胆子太大了。那帮人的背景我就不说了，说出来吓死你们，要不是我阻拦着，早就跟他去清算了。现在有些道理必须理清：田鼠聚众赌博是不对，但是赌博有输有赢且都自愿参与，怎么能说是骗钱呢？现在这个谣言到处传播！回去告诉村里人：我不去吴村，不是故意等着你们来求我，而是我担心一怒之下阉了你们全村！"

萝卜根和康良回到吴村，第一件事就是找到金宝，劝他让阿凯去向碎玻璃认错。金宝这段时间心情极为不好。自从前些天听萝卜根说什么"我没有把女儿许配给他，然后他报复我"之类，严重挫伤了他的自尊心。因为被人家扔掉的女婿不就被自家女儿捡回家了吗？这天见到萝卜根，他本想说你养鸡不顺是活该，但是想想五木已经坐了牢，他正想让美琴跟他断绝关系，那么这气就不该再生了。"阿凯都十九岁了，他的事，你们就找他自己去商量吧！"

萝卜根和康良照此去做。阿凯听了第一句，就拒不承认自己有错，萝卜根越说他反而越气愤："我可不是吓大的，他别狗眼瞧人低，他带着参与此事的徒弟来了我们的地界，我没有找他算账，反而要让我去向他认错？不要讲笑话啦！"

阿凯如此嘴硬，惹得萝卜根很不高兴："阿凯，你在这事上可千万不能任性。我打听过的，平原上的流氓拉帮结派，阉师那么多徒弟，总有几个在帮会的。咱惹不起！你和田鼠之间的恩怨，谁对谁错，碎玻璃说得很清楚了。"

阿凯吼起来:"怎么赌博不算骗呢?他们是做了手脚的!"

萝卜根说:"证据呢?你得拿出证据来!"见阿凯目光垂下去,又说:"你跟我们去认个错,可好?这事我们绝对保密,悄悄走悄悄回。你去道个歉,村里多少鸡多少猪多少牛,就都有救了啊。它们都等着碎玻璃来阉割,等得不耐烦,你知道吗?"

"它们不等着!你才等着被阉吧!"

萝卜根气得满面通红,要上去揍阿凯,被康良拉开了。"阿凯老弟,你不能光想着你自己。你不需要阉师,可我们需要啊,大部分村里人都需要。我们是代表这大部分人来求你的。我们都比你大,要不是为了全村的禽畜们,犯得着有求于你?可人活着就是这样。没办法的!人活世上不可能总一帆风顺,遇到挫折时就不得不委曲求全,大家都要为大局着想嘛!"

萝卜根补充道:"对!你是读过书的人,你总知道越王勾践的故事吧?绍兴那边的真事。那样的羞辱相信很难让人承受吧?但是越王勾践就做到了。他卧薪尝胆,终于迎来了复国报仇的机会。电视里的韩信,你也看过吧?如果当年他不甘忍受胯下之辱,而是拔剑相向……"

康良趁热打铁:"你就去认个错吧,这不是多么难办的事！大丈夫能伸能屈才是大智慧，等你强大起来的那一天，相信阉师和田鼠会主动跑到吴村来向你道歉的！"

阿凯被这两人动之以情晓之以理，竟答应下来。

事不宜迟，第二天一早他们动身了。他们踩着露水翻过岭坳，快到山庙村时，萝卜根叫住了阿凯，又说了一番话："我昨天想到半夜，担心你意气用事，所以有必要再交代几句：一、不管阉师说什么，说他徒弟没骗你也好，你打人不对也罢，请都不要回嘴；二、你只管照我们昨天教你的说，真诚地道歉；三、道完歉，其他事情交给我们，我们跟他怎么说话，你不要回来学。忍一时风平浪静，退一步海阔天空。明白啦？"

其实忍不是一件容易的事，阿凯忍了又忍，说："别废话。他妈的。我说一句'对不起'就走人！"不久，他们就见到了阉师碎玻璃。他正忙着。他要在上午帮两个农户阉两头牛。其中一头的四肢已经被绳索绑在一个木架下面，此刻牛的四肢微微地颤抖，想必很疼……

行内人都知道，阉牛有两种办法。一种是动刀子的，叫立骟。牛由徒弟牵着牛鼻绳，阉师跟在牛身后，在牛胯下不断地揉，揉得牛舒服得忘我之际，手起刀落，迅速在牛阴囊上切口，在牛感到疼痛试图挣扎的短暂时间内，刀子"唰唰"两声，摘下那俩东西。一种是不动刀子的，所谓无血去势法。这方法看起来容易，但耗时耗力。阉师要用一根细绳在牛阴囊基部用力扎紧，再把绳子捆绑在一个机关上，旋转机关就能绞紧绳子，几圈之后绳子越绞越紧，最终绞死阴囊里的精索而不伤及牛的健康，此后牛睾丸会自行萎缩。总的来说，前者粗暴简单，刀子"唰唰"两声，彻底解决问题，割下两个嫩粉色东西还能制作成一道大菜，但是该手术容易大出血和感染细菌，风险大；后者则要安全得多，只是长痛不如短痛，牛可就遭罪了，每旋转一次机关牛都疼得发抖，但是阉师不看牛的肢体而只看牛的牙齿，当掰开牛嘴看到有八颗牙齿一起颤动时，即可断定大功告成。

萝卜根一行来到的时候，显然打搅到了碎玻璃的工作。

他拿冷眼瞅瞅他们，不言语。

"阉师好啊，我们把他带来了。"萝卜根说。

"哪？"碎玻璃不动声色。

"正是他——我们村的阿凯，跟你徒弟们赌钱输了的那个。他已经承认是他手气不好，所以那天输得一塌糊涂。"萝卜根讨好地说着，突然将脸转向阿凯，厉声道，"是不是这么回事啊？阿凯！"

阿凯一到山庙村，看阉师这次带的徒弟不是烫过头发的田鼠，而是跟田鼠一块混的、那个理寸头的麻子脸青年，多少有些失望。那青年见了阿凯，朝他点了点头，阿凯没回应。

"啊，是你啊！好像在哪儿见过。是你在汤溪镇，找人打了田鼠他们?"碎玻璃问。

萝卜根狠狠地推一把阿凯到阉师跟前："快道歉啊!"

阿凯回悟过来，感到自己的腿根一阵紧缩。但是事已至此，他没有勇气退缩。

"对、对、对不起……"

碎玻璃停下手中扭转机关的动作，得意地说："你知道错啦?"

阿凯一副想哭又哭不出来的样子，点点头。

碎玻璃站起来，从牛身后走到前头，掰开牛嘴看过，对那个敦敦实实的麻脸青年说："你看，有四颗牙颤动了。你守着就行，隔五分钟扭一次木棍，十分钟看一次牙。"

然后，碎玻璃带萝卜根一行来到一棵大树下，那里摆着一张桌子几只凳子。各自坐下后，碎玻璃说："我干这一行快四十年了，除了'割资本主义尾巴'那些年半歇业，拢共被我阉掉的禽畜到底有多少我不知道，被割掉的睾丸至少有一两千斤吧。徒弟带出了二十三个，这个清楚。现在他们大多在干这一行，有的干得很不错，家里造了三层洋房。他们大多跟大型养殖场合作，可不愿像我这么辛苦地跑。我呢，之所以年年走这条路线是出于责任，出于与你们山里佬多年的交情。要不然，随便哪个徒弟给我介绍几个养殖场就有饭吃。可结果我老都老了，还获得个臭名远扬，走哪儿都有山里佬说我徒弟在镇上欺负你们山里人！明明是我徒弟被山里佬打了，怎么反倒说成他欺负了人！"

碎玻璃的这个开场白有些长，情绪变化也多样，开始几句近乎和颜悦色，最后一句咬牙切齿。他瞪着一双牛睾丸似的暴突的眼睛，说："你小子，我他妈的问问你，事情起因是你怀疑田鼠带人赌博骗了你的钱，是不是？"阿凯不敢与碎玻璃对视，他只想尽快结束这一切，听到问话不假思索地点头，之后赶紧把目光投向别处。从他的位置看过去，正好又看见了那牛。此时麻脸徒弟正在扭转木棍勒紧绳索，可怜那牛抖得更厉害了，想挣脱又被绑着，牛耳朵、四肢、尾巴抖个不停。看着这一切，阿凯的身子一阵发冷。

碎玻璃说："一日为师终身为父。如果我徒弟田鼠确有欺骗行为，我会将他开除师门。我是阉师世家出身，祖上在清廷阉人。古时有宦官，又称中官、内官、内臣、内侍、太监，其来源或由被判宫刑的罪人充任，或从民间百姓的年幼子弟中挑选。现在，我必须再次强调：赌博都是自愿的，有输有赢，如果你输不起就不要去！就这么黑白分明的事，被你们山里佬到处传播！我不能辱没师门啊！不然，我师兄弟会怎么笑话我？……"碎玻璃表情狰狞，凶相毕露，语气越来越重。事实上，自从看到碎玻璃对付那头牛的第一眼起，阿凯就一直处于惶恐不安中。但是，真要迫使他承认自己犯了错误，冤屈感就越来越重。因为他的意识里，始终是被田鼠伙同他人骗了。他无法接受那一大笔损失……

"得，你能承认错误就好。知错就改就是好同志嘛！但是，为了证明我的几个徒弟不是骗钱，你得给我立下字据，以后再有人问起，我就直接拿出字据给他们看。要不然，我这张老脸……"碎玻璃说着，从工具箱里取出一张纸和一支笔。

阿凯的脸越来越红了，他很想说一声拒绝的话，可是舌头就像被胶水粘住一般，支支吾吾，反抗他的意志。因为他想起在罗埠镇，包括麻脸青年在内的一帮人，就是让他写了一张字据以后，再理直气壮地向五木要钱的……

十

后来我们就都知道了，阿凯因为拒绝立下字据，一下子惹恼了已经做了妥协的碎玻璃——他本打算收了字据，就带麻脸徒弟跟萝卜根三人来吴村的。可是，阿凯突然站起来想逃跑，惹得碎玻璃异常生气，他追上两步，豹子似的一声怒吼："你他娘的——给我站住!!"那是让动物们闻风丧胆的一声，刀子一样锋利。自找苦吃的阿凯仍旧试图跑掉。萝卜根和康良不由分说，赶忙跑过去追，很快追上了，摁住他的头，逼他向碎玻璃认错："你小子，再别给吴村人添乱子! 不可任性啊!"

"不用你们管。"阿凯身高体壮，他们很难制伏。

"祖宗! 你要干什么啊?!"萝卜根急了，死死箍住阿凯不给他逃跑的机会。

就在这时，碎玻璃的那个徒弟丢下牛赶来。这家伙到底年轻，几个勾拳，嘭嘭嘭，打得阿凯捂住肚子，不再有还手能力。阉师叼着烟，不慌不忙，拿一根绳子过来，众人一起将阿凯拖至大树下，将他捆绑在树上。阿凯的头扭来扭去，扯着嗓子大喊大叫，脾气非常大。康良解下扎在腰间的汤布，勒住阿凯的嘴，使他的头无法动弹。

一种说法是，被阿凯激怒的阉师，拿来了阉刀，说："你小子，用行话说就是一头生牯，不阉了你戾气太重，对社会迟早是个祸害！"说着，碎玻璃从工具箱中拿出来一把阉刀，举到与阿凯眼睛齐平的地方，突然那阉刀就像一条银鱼从水底跃起，在空中银光一闪，又掉入水中——阿凯直感觉腿根的皮肤上一凉，整个人缩了一下，有刀片划过阴囊，却不感觉疼痛，因为那速度太快了。等他再感到腿根一热时，他察觉有什么东西在漏气，就像气球被人扎了一个孔。他想喊救命，但无能为力。他感觉腿根湿了，那一定是阴囊里面泡着睾丸的液体流下来了。他害怕得两腿发抖，想到了离他十几米远的那头牛，它被绑在木架上。阿凯哭了起来。碎玻璃再稍微一用力，刀子就像戳中了全世界最敏感的那根神经，阿凯整个人筛糠似的发抖，脸上肌肉完全走形，尿流了出来。尿水中的盐分，加重了伤口的疼痛。我们的这位主人公，就这么被阉割了。

——以上是流传很广的一种说法。是不是真的呢？很多人持怀疑态度。

因为另一种说法：阿凯被碎玻璃阉割是无稽之谈，他只是被碎玻璃徒弟绑在了树上，被褪掉了裤子。碎玻璃把阉刀架在他腿根，说："臭小子，给你脸不要脸！我阉鸡、阉猪、阉牛、阉狗、阉鸭、阉兔子、阉山羊，都阉过。年轻时，还他妈的连麻雀、乌梢蛇都抓回来阉着玩。今天，命运把你交到我手中，就别怪我不客气啰！"如此这般吓唬了一通，主要是批评教育。搬照萝卜根和康良的说法，碎玻璃仅仅拿刀戳了戳阿凯的腿根，就把这小子吓得尿了裤子，吓得这小子以为是阴囊破了，如此而已。

"你们以为现在还可以随便阉人吗？那是不可能的了。"萝卜根、康良都这么说。

"哼，我们才不信呢！"村子里，仍然有人说阿凯被碎玻璃阉了。至于真阉假阉没人说得清，或许都暗自希望这小子真被阉了才解气吧。

总之，在吴村，在没有得到碎玻璃的原谅之前，没有人来村里阉割了。萝卜根等人去找过其他阉师，恳请他们进山，但是在中戴、汤溪、罗埠、赤骑，甚至整个金华范围，从事阉师行业的，大部分与碎玻璃熟悉，有的干脆就是由他培养的徒弟。干这一行有个规矩，同行之间忌抢生意，所以只要他不主动退出他的地盘，没有人敢来吴村。从这个角度看，阉师也是整个山区庞大而神秘的力量之一。以至于这么多年过去，现在还有很多人记得，在没有阉师来阉割的日子，吴村处于怎样一种亢奋、狂躁、无序的状态。

尤其来年暮春三月，江南草长，杂花生树，金塘河畔桃红柳绿，桃花杏花开放，山上百花争艳，到处一派生机勃勃的景象。时间一到，动物们又要赶着趟儿交配繁殖。为了达到目的，雄鸟很忙，不停地在树丛中穿来飞去，向雌鸟展示婉转歌喉和漂亮翎羽；青蛙在水洼里抱对，聒叫，卵泡成堆地沉在水底，蛙鸣声震耳欲聋；山中雄兽追寻着母兽的臊气，在几条山脉之间游窜，为了与母兽发生关系，与情敌撕咬；家畜们变得狂躁不安，争斗，相互咬尾、撕耳，跳栏，糟蹋庄稼；公鸡们打架，啄羽、啄鸡冠、啄眼睛。村里有些游手好闲的年轻人，比如牛栏团、集宝、集盖、路兵、利群、国羊，就经常把两只公鸡故意赶到一起，以此取乐；看着两只鸡你啄我跳，喙爪并用，头颈处的羽毛一根根直立，斗得难分难解，他们就哦哦地助威；当争斗久了，两鸡略显疲惫之态，他们就用水将它们喷醒，使之振奋，重新投入战斗……

事实上，观看禽畜打斗，在吴村是有传统的。不论上一辈，或者上上一辈，他们都爱在辛苦劳作之余，看禽畜们打斗一番，以此度过疲劳的或者无聊的时光。这样一来，就有人琢磨出了什么样的鸡、狗、牛、羊斗起来厉害，记住了上次、上上次是谁家的赢了，谁家的九死一生、有什么特长，有斗不死的禽畜就成了全村人的崇拜物。然后这个动物（不论鸡、狗、牛、羊），就有可能吃得比它的同类好，打斗之前会有人给它喂水、按摩，打斗之后会有人给它洗澡，直到有一天斗到筋疲力尽，血染沙场，然后被人宰杀，煺毛，吃掉。

与此同时，随着斗鸡、斗狗、斗牛、斗羊的深入，由于涉及赌钱以及动物能给押注的人带来荣誉，观看禽畜打斗引起的争端也越来越多，往往两只动物斗得兴起，场面紧张，押注的人和动物的主人情绪激动，像注射了鸡血一般。

而更可怕的，是狗……

必须消灭所有的狗。

自从阉师拒绝来吴村阉割，狗就大量繁殖起来。很多人家对狗有很深的感情，母狗下了一窝狗崽，主人……再怎么说，也得问问亲戚、邻居，我家母狗下崽了，想不想抱一只养养？这样问过一遍，如果在往年，小狗就被人抱走了。但是，现在几乎每户人家都不需要再去别人家抱养了，因为家里已经养了一只，有的人家的狗甚至也产了一窝。这就是母狗发情给吴村留下的后遗症。也就是，那个躁动的、亢奋的，油菜开花，催使动物发情，野猫通宵达旦叫春的季节过去了，但是为母狗相互撕咬的公狗们留下的种子变成了胚胎，变成了一只只毛茸茸的小狗。这些小狗刚来到人世，眼睛都睁不开，依偎在母亲身下安安地叫，凭本能与兄弟姐妹争乳头抢奶吃。吃饱的时候，是它短暂的一生最幸福的时光，四仰八叉地躺着，与母亲与兄弟姐妹身子挨着身子，有的就睡着了，打起呼噜。

那时候村里人养的狗只有一种，中华田园犬，也叫土狗。它们可能颜色各异，但是下的狗崽看着都非常可爱。正因为可爱，主人一只手抓一只，看着它们在手上扭来扭去，心都要化了。但是家里并不需要这么多狗，送又送不出去，就只能再养一些日子……

现在已经无从考证，那一场可怕的狂犬病是村中哪条狗先得上的。或许是萝卜根家的，或许是路兵家的，或许是牛栏团家的，或许是集盖、国羊家的。对于狂犬病的起因，它是从外村传来的，从动物身上传来的，还是因为母狗精神崩溃引起的，说法各异。有些村里人心里清楚，不管狂犬病是否暴发，狗咬人、狗咬牲畜的事情迟早要发生的，因为狗对自己的孩子也是有感情的。当村里那些可怜的母狗一窝窝地产崽，然后看着自己的孩子被主人溺死乃至吃掉，它们的情绪，我们人类也能推测得到……

至少阿凯知道，在吴村，以前大部分狗是被阉掉的，所以吴村的狗不像其他村庄的狗，它的繁殖速度从来没有这么快过，那么小狗被人吃掉的情况也就不会发生。阿凯家的狗在这年发情两次，每次产下比往年多得多的狗崽，全家都发愁。一是送不出去，二是养着耗费粮食，三是狗相互争食的场面龇牙咧嘴，看着心烦。结论是，只能一只只地消灭。尽管金宝做得极其隐蔽，都是背着母狗把小狗在河中淹死的，还在外面用干稻草烧秃了狗毛扔了肠子，再用陶钵装了偷偷地带进厨房，但是那母狗终是有所察觉，它在失去最后一只狗崽后几乎不吃不喝，眼睛发直，躲在暗处不接近人，好食碎石、木块、泥土等物。

此时村里已经出现了狂犬病，村干部们正在组织人打狗，整个村庄笼罩在疯狗随时咬人或者打狗队随时冲进家门打狗的癫狂状态中。高音喇叭提示，前几日康良家的狗咬伤了自家养殖场的公猪，被咬伤的公猪也出现了狂躁乱咬现象，随后该犬和三头公猪被猎枪击毙、掩埋。再然后，高音喇叭里又播报了家猫、野猫也出现到处乱跑、极具攻击性的现象。更可怕的是，村里有一头牛不听主人呼唤，同样出现了狂躁、惊恐乱跑、口吐白沫等症状，最后该牛撞墙倒地而亡。

阿凯家人都明白，自家的狗可能也得上狂犬病了，打死是应该的，但是养了这么多年，想想还是舍不得。吃饭的时候打狗队来了，他们手持铁棍，膝盖以下绑着木板，进屋后说了声"金宝，轮到你家了啊！"就径直朝屋中黑暗角落走去。走在后面的人手拿一卷晒席，展开来，阻断狗的逃跑路线。顿时，晒席那边响起狗被铁棍击中的声音，狗威吓、惨叫、挣扎、咬人，人发狠、躲闪，铁棍击中了狗。这过程持续了三分钟，坐着吃饭的一家人都低着头看着桌板。那边的声音，好像带着牙齿，一声声咬在这家人的神经上，尤其当狗惨叫的时候，每个人脸上在痉挛。好在那边的声音渐渐弱了，然后就什么声音都没有了，晒席重新卷起来，成了桶状。他们说："我们走了啊！狗一样要埋掉！"他们走到十米开外，阿凯才发现牛栏团也在打狗队里面。

十一

与狂犬病的生死博弈中，吴村损失惨重，且不说疯狗被统统消灭了，还连累了被感染的猪、羊、牛等其他牲畜。山里人家本来就穷，生产队年代就不说了，基本半饥半饱，分田单干后生活才好了许多，可是树木被禁止买卖后钱就断了来路。现在有的人家因为这场狂犬病耽误了农时，面临粮食歉收。但是要说狂犬病导致损失最严重的，要数几个养殖户。养猪的康良首当其冲，其次是死了牛的那一户。与当初洪贵家的牛被老榔头的傻儿子切断命根不同，这户人家的牛是因为得狂犬病死的，只能埋掉，一分钱都得不到。而这户人家恰恰是阿花家。

阿花爹是在阿凯家的疯狗被打死之后，跟着康良一块来到阿凯家的。他们在八仙桌前坐定，不说一句话，阿凯母亲泡了茶，他们也不喝。屋里空气凝固了。大家都屏声静气地听着茶柜上的闹钟赶命似的嘀嗒嘀嗒。金宝已猜到他们的来意。之前那个动物发情交配季节，有村民因为禽畜没有被阉割而表现得过于亢奋、狂躁，干扰了正常生活，进而怪阿凯在镇上打伤田鼠以致得罪了阉师；在这个果实累累开始转凉的季节，当上天借用人类之手消灭了那些可憎可恶甚至危及人命的畜生，它们的主人们却又来闹情绪了——因为正是阿凯在山庙村的执拗，让整个吴村丧失了最后与阉师和解的机会，从而导致狗的繁殖失衡⋯⋯

只是，这两者之间真有因果关系吗？

这一回，金宝不再有脾气，不再感到气愤，不再为阿凯据理力争。这是阿凯命中的一个劫，他知道自己帮不了。能做的，就是不管有无因果关系都得认错，所以他一直在赔罪。所以当闹钟当当当地敲响十下时，他走上了通往阁楼的楼梯。他的脚步咚咚咚地响了上去，只听一声怒吼："起来，下楼去！"头顶楼板震颤，落下一层灰来。

"你这现世的刘阿斗，起不起来？你躲得过初一躲得过十五?!"

"不起来!"

"你闯下的祸，自己去解决!!"

"我没有做错什么!"

"你还嘴硬——"

阿凯磨磨蹭蹭，金宝从柴堆拿了一根竹枝。阿凯十六岁以后，金宝曾下过决心不再打他。但是这一天他无法控制自己，阿凯是被他用竹枝抽下楼的。可是，这小子的倔脾气依然比膝盖骨还要硬。他下楼没有在八仙桌前停留，而是疯狗样蹿出门去。金宝丢了竹枝，几步追上，抓住他后衣领，老拳打在他头上、脖颈上。娘见儿子被打，冲过来拉架、哀求："你就认个错吧，就算我求你行不行?! 你就认个错，大家就都能原谅你! 你这种脾气会害了全家……"

上门撒气的两位一见这架势，气已经消了一半。康良站起来说："金宝别打啦! 只要你们家有这个态度，我们有话也不愿多说了。得，走吧，阿花爹!"两个人就急匆匆地走了。金宝的气却没有消，又几次冲上去打阿凯，拳头举到半空都被阿凯娘拦住。"我怎么生了你这么个败家子! 我这遭的什么报应啊! 我本来一个清白人，结果好了，生你来就为来讨债的！你如果不能在明年三月之前把阉师请回来，以后就不要进这个家，不是我儿子！"

阿凯看见父亲的眼神就像疯狗一样，直直的，毒毒的。

阿凯离家出走了。一天，两天，三天，金宝心里急，但是表现出来的是恨。当阿凯娘因担忧喋喋不休，他伸出手、将手掌摊平，冷不防地给了她一个嘴巴子："你能不能闭一会儿嘴！他要死，我能追得上？这都是被你惯成这样的！"他一边骂，一边眼泪流下来。因为阿凯是家中单传，他还指望他娶妻生子传宗接代。好在二女儿不久就捎来口信，说阿凯到她家去住了，说阿凯想跟姐夫学种蘑菇。接到口信，金宝夫妇的心才放下了。二女儿嫁在半山腰村，当时金宝是反对的，吴村至少坐落在平整的河畔，那地方却在悬崖上。但是那里人懂得在林子里搞一点副业，日子倒是安稳。

只是，阿凯在二姐家待了半个月，不得不回来了。因为他听说这年的征兵工作开始了。他不知道怎么办，走到枫树湾，彷徨，羞愧，又渴望得到这个机会。他硬着头皮往村里走去。现在，村里的疯狗被消灭了，被狗咬过的猪和牛也埋掉了。到处是腐烂的、死气沉沉的气息。他先去了村干部家。国梁确定地说，今年的征兵工作已经有了合适人选。关于这个结果，阿凯有心理准备，但接受不了，因为他没有退路，他太想通过参军逃离这个村庄。然而，掌握着兵役登记名额的国梁有他的想法。阿凯是什么样人，他还不清楚？他只是不愿直说"你这等劣迹斑斑的人"罢了。不管阿凯如何求情，说"软话"，他照样跟五木在木材检查岗遇到的乡干部一样，一脸冷漠。阿凯很想发火，就像他在山庙村不管不顾地拒绝立下字据那样。但是，这是他的最后一年了，明年他就超龄了。紧要关头他真想跪下去，就像电影电视中演员们演的那样，但是他做不了那动作。

走出国梁家，他不知道该去哪里，不知道什么时候才能将村里人对他的成见消除，不知道碎玻璃什么时候会来吴村。这一刻他很想向碎玻璃和田鼠认错，赌输了就得认栽。但是，他又总觉得自己没有做错什么，还是认为田鼠是个骗子，这些人到了冬季无事可做，就靠骗赌生活。正因为此，有一团黏稠的憋屈在他体内游窜，难受得对面有人跟他打招呼也看不见。不能去当兵了，那么只能出门打工去！村里好几个人已经被什么工厂招收为农民工。他决定去金华打工，去杭州打工……可是想到人生地不熟，口袋里没钱，想到在平原上接二连三发生倒霉的事情，就决定回家去拿几套换洗衣物，顺便问问母亲能不能给他一点盘缠。他刚迈进家门一只脚，原本蹲地上修农具的父亲就跳起来，一把抓住他。然后，一个巴掌打在他脸上："畜生！你个不孝子！你还敢回来？马上就要过年了，你还不趁这个季节去找阉师赔礼道歉？等明年开春，全村人养不好鸡养不好猪，又要来家里闹事！"

就跟商量好了似的，阿凯娘又来拉架："凯，你就听你爸一次吧！我和你爸陪着你去。你爸是刀子嘴豆腐心，他已经打听好了阉师家在什么乡什么村。明天就出发，我们已经准备了一些礼品，就等你回家来呢……"

阿凯就是在那天被金宝打得爆炸了。他冲父母吼叫，说村里的禽畜得不到阉割关他屁事，如果再有人拿这说事，他将拿拳头对付，不管对方是男是女，是老是幼。阿凯在金宝再次冲上来打他的时候，一把抓住了金宝的手，鼻子抖动着说："我忍很久了，就算我打伤了田鼠，那也是我个人的事！你们是我父母，怎么能跟着村里人起哄?!"阿凯娘看到儿子凶神恶煞的模样，劝他把手松开，一遍遍地说："阿凯，不能无礼！你怎么就不顾我们做父母的感受？我和你爹都很担心你，希望你向村里人、向阉师认错，是为了你好啊！"听着这些，阿凯把手松开了。金宝随即将手抬起，朝抹眼泪的娘们不由分说地打下去："你他妈的贱，要反过来向这畜生认错吗?!"打完娘们，他又向儿子挥起拳头，被他女人挡住。金宝大骂儿子，发泄着一个恨铁不成钢的父亲的愤怒。

那天，一家人都没有吃晚饭，早早地睡了。阿凯父母辗转反侧，想到儿子无辜、憋屈的模样，想到他被村里人打入另册，遭人白眼，唉声叹气。他们明白，阿凯不是小孩了，作为父母不能再打他。阿凯呢，同样心烦意乱，躺在隔壁房间生闷气。他知道，这个家、这个村子已经容不下他。他别无选择，只能离开，去很远很远的地方；如果混得好，他一定要回来报复阉师、报复村里人；如果混得不好，就再也不回来了。

这个被碎玻璃玩得团团转的鬼地方，现在唯一让他留恋的就是阿花了。第二天他就去找阿花，准备跟她做一个告别，没想到阿花不愿见他，并且让路兵传话给他，再过两个月，她就要嫁给牛栏团了……"什么?!"阿凯一下子蒙了。如果阿花想嫁到平原去，嫁给有钱人，或者一个读书人、一个做买卖的人、一个相貌堂堂的人——就像姐姐美琴抛弃五木，一心要找一个比五木优秀的人，他内心的伤痛无疑会减轻许多。可是，牛栏团算什么呢，就因为他混进打狗队打过狗吗？这个曾经给自己当跟班都不配的东西！

阿凯回到家，胸口像搁着一块烧红的铁，他倒下了。阿凯娘看到儿子出去转了一圈，脸色难看，神思飘忽，一遍遍地问："你刚才去哪儿了，怎么，谁欺负你啦?"阿凯说："走开，不要烦我好不好?"

下午，阿凯嘴叼一根烟，手拿一根粗大的擀面杖来到街上。那时太阳还很大，街角有人围在一起打牌，他凑上去看了一眼，没有看到牛栏团，正要继续往前走，利群叫住了他，想让他留下来打牌："咱哥几个很久没'斗地主'了哈。"阿凯没有理会，他一心要找到牛栏团。这时候，捏着牌的国羊朝他的背影吐了一口唾沫，说："继续，咱继续，轮到谁了?"见大伙一副心不在焉的样子，又说了句："理他干吗呀，一个阉物!"阿凯耳朵尖，听到"阉"字，打了一个激灵。他转身，走到国羊跟前厉声道："你有病啊!"国羊站起来回："我有病?是你有病吧?"阿凯说："下次再让我听到，别怪我割掉你舌头!"

"你就是个阉物嘛，还不愿承认?!"国羊踮着脚尖，挑衅似的朝他吼。

阿凯一把揪住国羊的领口，拿擀面杖戳他下巴，把国羊戳得嗷嗷叫。另几个打牌的人纷纷上前劝架。阿凯两眼充血，像一头被激怒的狮子。大伙劝了好一会儿，他才悻悻地走了。他走到牛栏团家门口，身后跟着不少瞧热闹的人。他拿擀面杖敲打木门，出来的是牛栏团的老娘——一个又聋又驼背的妇人，当年正是她在牛栏里不讲卫生地生下了牛栏团。她听明白阿凯的来意，说牛栏团这几天都在阿花家待着呢。阿凯太阳穴上的青筋突突地跳起来，面色难看地往阿花家走，心想昨天阿花没有出来见他，说不定正跟牛栏团动物那般交媾呢。

阿凯见阿花家的门开着，径直而入，果然看到这对男女相互搂抱着坐在木沙发上，面前摆放着一台录音机，播放的是邓丽君演唱的《甜蜜蜜》。阿凯将擀面杖狠狠地砸在茶几上，录音机青蛙那般跳起来，接着磁带被卡住了，邓丽君在匣子里呻吟。阿花看清来人是阿凯，尖叫起来，人类怕死的本能驱使她往房间里逃。牛栏团则操起一根木棍迎着阿凯劈去。两人哐哐当当打了几个回合，阿花爹从外面回来，大吼一声，随即操起门后的一把钉耙，当武器舞动着，三下五除二，将阿凯逼到了墙角，将其手中的擀面杖打落在地。

"混账东西，这里岂是供你撒野的地方？"阿花爹举着钉耙在阿凯眼前晃，仿佛随时要将他的脑袋开瓢。

"阿花，阿花她——真正爱的人是我呀！"阿凯不敢跟阿花爹拼命，呼喊中带着哭腔。

"什么赖皮玩意儿，你跟阿花定过亲啦，送过聘礼啦？"

"我、我这就回去让我爸准备……"

"迟啦！你搬来金山银山我也不会同意啦！"

"大伯我知道错了，你家的牛死了，我赔两头……三头，还不行吗?"

"滚，滚蛋吧！你他妈的都被人阉了，还想娶我女儿？做梦！"

阿凯如被电击，人一哆嗦，在众人的哄然大笑中，丧心病狂地扑向人群——说一个男人被阉，没有比被如此污蔑更耻辱的了。但他很快被众人团团围住，哪怕发起更猛烈的进攻，最终无力招架，牛栏团趁机将阿凯摁倒在地。众人跟着起哄，有人甚至叫嚣要扒掉阿凯的裤子，看看他是否真被阉了，吓得阿凯死死拽住裤腰带，双腿夹紧……

十二

后来很多人说，阿凯就是在被阿花爹和牛栏团当众侮辱之后变了个人似的。阿凯每天神情阴郁而话少。事实上，他完全可以不承认，说如果真被阉割了，还会为了参加征兵特意赶回来吗？验兵的时候都要一个一个数过睾丸、看过阳具的。可是由于他的沉默，村里到处流传他被阉了，甚至有人拿他的遭遇吓唬人："你服不服？

不服？我喊碎玻璃来，让你落得跟阿凯一样的下场！"
或者，爱捉弄小孩的大人见到胆小且可爱的男孩，就老
远将他拦住，做出拿阉刀的样子："快叫我一声爸，否
则像碎玻璃阉阿凯那样割你小鸡鸡。"吓得小孩双手护
住小鸡鸡，拼命逃跑，好几天不敢从那条路上走。

金宝听村里人这样诋毁他儿子，气得七窍生烟，他
瞪着两只牛眼，愤愤道："你去那老东西家，把他女儿
拖到街上当众强奸给他看！看他还敢不敢这样侮辱你！"
阿凯脸色苍白，表情尴尬。他爹又说："你不敢去吗，
啊？那就我带着你去！你就不能为家里争一口气吗？多
少人说你被碎玻璃阉了，你知道吗？"阿凯一副如鲠在
喉的样子，气得金宝骂骂咧咧，问他到底被碎玻璃阉了
没有，阿凯不住地摇头。

"没有那你怕什么?！你高高大大一个健全人，不缺
胳膊不缺腿，你要急死我啊！听爸一句话吧，这件事如
果不及时澄清，你年纪再大些，到时去哪里找合适的姑
娘结婚啊！流言可畏，唾沫星子淹死人，村里说多么难
听的话都有，唉——要是我二十岁，跟你一样，听人这
么说，非宰了他不可！可是我老了，活不了几年
啦……"阿凯父亲开始说起他年轻时多么血气方刚，甚
至爱打抱不平，但没说几句忽然止住了，因为他听见阿
凯哭了。

"你个软蛋，哭哭哭！你……咋的？真被阉了吗？我问你呢！"

"我、我没有被碎玻璃……欺负……"

"你还敢骗我！我揍死你个不争气的！"

"真的，爸！要打你就打吧，我只求你，别问了……"阿凯嗫嚅着，脸由白转红，嘴唇哆嗦，又重重地喊了一声："爸——！"金宝愣了一下，接着听见阿凯哭道："爸！再过几天我去认错还不行吗，你为什么也要这样逼我、折磨我啊！"继而他向房间跑去，门砰地关上了。从房间里，再次传出一声哭，那哭声压抑，委屈，愤懑，尖厉，如狼嗥，猿啼。

那个夜黑沉沉的，冷风灌进每一户人家的窗户。天空简直比冷却的锅底还黑，人的心比被水浇灭的炭灰还凉。阿凯父母担心阿凯想不开，在屋里拴根绳子上吊啥的，一直隔着房门劝着阿凯。同时这两人又相互指责，一个说对方惯坏了孩子，一个说对方对孩子太严厉。金宝后来一屁股坐在地上，如石头那般纹丝不动。事实上，自从听到阿凯那一声哭，他就改变了想法，觉得就算阿凯做错什么，也不该受到全村人的攻击。他的叛逆、倔强，除了从小娇惯的原因以外，难道就没有遗传自己的性格成分吗？为什么自己年轻时敢于挑战权威、仗义执言，被批斗游行都不改口，如今却不允许儿子爱憎分明？正因为这样，他后悔自己刚才对儿子恶言恶语。

　　没有人知道，阿凯什么时候跳下窗户从家里逃走，或者说再次离家出走的。有一个邻居说，那天晚上只听到阿凯哭——不用说，阿凯发出的哭声，比公猫叫春还要瘆人，但是没有人想过要去他家劝一劝。清官难断家务事，更何况这孩子为村里人带来了那么多麻烦。只有几个赌博的人说，他们大致知道阿凯是凌晨两点离开村子的。他们赌博赌到很晚，刚开始能听到个别人家因为看电视剧图像不清晰，爬到屋顶上去调整天线，大声喊着"雪花还大吗"，后来整个村子安静得像一个坟场。直到凌晨两点，夜幕下的村子突然响起村里最后一只幸存的狗的叫声，从阿凯家那边响起，响到街上，一直响到村口才弱了下去。他们说那个晚上这只狗叫得有些诡谲，以往都是有外村人进村它才叫的，这次叫得不对劲，以为它也疯了。

　　遗憾的是，这只幸存的狗的叫声没有引起阿凯父母的注意。当时阿凯母亲太困了，头刚挨着枕头就睡着了，阿凯父亲在房门口打了地铺，想着房间里面万一有什么动静，他能及时制止。不料一觉醒来天已亮，他扭动房门把手，依旧反锁着，心想饿他几顿，到时教育效果才好。直到中午还不见阿凯出来吃饭，他才觉得蹊跷，继而发现阿凯已经跳窗跑路了。阿凯父母又气又恨，去二女儿那里打听，这回阿凯没有去她那里。他们又借村委会的电话联系美琴。美琴已经出嫁，嫁了一个比她大十多岁的平原人，也不知她是过得不好还是觉得自己身份地位高了，很少回家。美琴说阿凯对她没等五木回来就嫁人恨死了，怎么会去她那里。又问了几个地方，都没有消息。阿凯父亲想起阿凯说过他要去向阉师认错，就以为去阉师家了。等了几天不见回来，他就背着茶叶笋干去了平原，在一个到处是明清建筑、阴森森的村子找到了碎玻璃的家，但碎玻璃不在家，且他的女人凶巴巴的，一副段三娘相，他只好回来了。

那个冬天余下的日子，时间就像自行车坏了链条，金宝夫妇在忧患中度过。等到春节，阿凯还没有回来，夫妇俩心力交瘁，连年夜饭都没有心思去做。但是有什么办法呢！

这样的日子一直挨到春天将即。是的，时光流转万物更新，大自然是不会因为这样那样的原因改变它固有的运行规律的。随着气温上升，青山绿野又开始散发浓烈的抽青气味，动物们又要蠢蠢欲动了……村里人虽然在春节前杀掉了大部分猪、牛、羊，有的人家将吃不掉的禽畜拿去送了亲戚，但是正月一过，很多人仍然想把该养的猪、牛、羊、狗、猫，该养的鸡、鸭、鹅，都重新养上。因为一户山里人家不饲养禽畜，是怎么都说不过去的。单说一个"家"字吧，拆开后上面一个"宀"，下面一个"豕"，意思就是房子里养着猪，才可能是稳定居所。牛就更不用说了，农村人不养牛还能说是种地的吗？更何况，很多人家饲养禽畜也是为了满足口腹之欲。平时一般人是不舍得拿现金去买肉吃的，但是杀一只自己家养的鸡打牙祭，杀一头猪过年，可就慷慨多了，甚至每次看到自家鸡鸭大了，主人就会边吃饭边琢磨：等下个月，嗯嗯，就杀了吃……如果省略这些细节，生活的乐趣难免大打折扣。

只是，此时的吴村依然是山乡乃至整个金华地区，唯一一个没有阉师来光顾的地方。人们不知道碎玻璃在新的一年会不会来，不知道他允不允许别的阉师来；也不知道新的一年狂犬病会不会暴发——那恐怖的、疯狗追着人咬的场面历历在目，有几个被狗咬过的人虽然去卫生站注射过疫苗，但害怕心理至今无法消除，每当咬伤部位发痒，就焦虑得失眠……但是，更多人是不会顾及这些鸡毛蒜皮小事的，因为他们迫切地想要恢复过去的生活：家里养有各类禽畜不仅显得热闹兴旺，牛能耕田，猪能卖钱，客人来了有阉鸡吃，母羊下崽时还能吃上羊奶，毕竟生活总得这般继续下去才好。所以在没有等来阉师的日子，他们准备集体去请碎玻璃了。

很显然，这些人唾弃阉师这个职业的同时（谁愿意天天跟动物的卵巢睾丸这类生殖器打交道，并且做下让阉物断子绝孙的造孽之事呢），又暗自敬重阉师手中的那把阉刀。因为这把刀掌握着禽畜的命运，反过来，禽畜的多寡直接影响着农家人的生活。这一回，他们选出了村民代表，制定了向碎玻璃认错的方案：由村主任国梁亲自带队，金宝赤裸上身背负一根砍刀柄那般粗的荆条，康良、萝卜根、洪贵、老榔头等每人拿一样家里的土特产，还有利群备了香烟和酒，他们将代表吴村去向碎玻璃乃至整个阉割行业赔礼道歉……

金宝作为当事人的父亲，这是他第二次去碎玻璃家。尽管上次去的目的是为了寻找不知所终的阿凯，但其中也包括向碎玻璃真诚的道歉，他相信那女人会把他的诚意传达——他不相信阉师就那么小肚鸡肠，毕竟阿凯打他徒弟的事都过去两年了。更何况这次大伙是为了整个村子的利益，事情还得一码归一码。正因为这样，背上的荆棘虽然扎得他流血，他却走得很坦然。他想，只要碎玻璃能原谅阿凯，每年照常来村里阉割，他愿意替阿凯上刀山下火海。

那是一个晴天，一个注定会被吴村人反复提及的日子，就连太阳仿佛也感到非同寻常，洒下来的阳光明媚、温暖。江南的早春总是阴雨绵绵，人们早就厌倦了下雨，晴朗的天气是让人愉快的。更何况，他们走过村口的千年枫树，上面有两只喜鹊叽叽喳喳地叫了起来。大伙有太久没有听到喜鹊叫了，尽管这树上一直有喜鹊筑巢，但是这种鸟平日里并不会无故地乱叫。康良笑言，喜鹊叫贵客到，这次出山，定能求得碎玻璃原谅。大伙纷纷表示赞同。

他们都相信："精诚所至，金石为开。"金宝曾是多么硬气的一条汉子，可谓宁死不屈，如今却甘愿为儿子负荆请罪，此行必将让吴村告别没有阉师光临的窘境。从此，村里人不用再担心陷入禽畜无序繁殖与狂犬病泛滥的日子。只要碎玻璃能来吴村，农户们养的禽畜就能控制数量和肉的品质。他们将不再害怕小猪变成种猪，不担心猪肉吃起来又硬又柴还有一股腥臊味儿，以致杀猪佬拒绝收购；不再担心母狗过度生育，一窝一窝的小狗没法处理，疯狗乱窜；不用再担心公鸡打架，母鸡疲于逃避骚扰，大鸡小鸡吃起饲料来像饿死鬼——大伙心里明白，必须阉掉公鸡；公鸡阉过后性温而不躁，不思不想，一心长肉，甚至可以代替母鸡照顾小鸡，其肉鲜嫩无比。更值得一提的是公牛，公牛不阉有野性，难驯服，将其阉掉就会老实干活，闻到母牛气味也不会仰天咧嘴，迈不动腿了……

吴村，这个被阉师有意划除的村庄，将自然而然地恢复正常。这么想着，大伙不再对正在到来的春天心存疑虑，心里荡漾起喜事临头的希冀，走起路来就更精神了。

照　亮

很多人说我有一双明亮的眼睛。

但我知道这双眼睛并不全部属于我。

我七岁那年——还是从头说起吧，家住金华城郊白沙路，学校放学，我和小伙伴背着书包走路回家，一辆大货车突然在路上侧翻，小伙伴受重伤经抢救无效死亡，而我的眼睛被氨水严重烧伤了。事故过后，运氨水的农资站赔了我家五百元钱。那时候，还没有人为车祸赔偿打官司，赔偿都由单位去交涉。我父母虽是齿轮机床厂的职工，但并不是车工钳工，父亲是食堂里的厨师，母亲是劳保处的清洁工，在工厂里没什么地位。放下手术费用不说，按当时医疗条件，治好我眼伤的希望非常渺茫，父亲带我去城里几个大医院看眼科，诊断结果都写着"须尽早接受角膜移植"，却又都说没有角膜供体，"再等一等"。

这一耽误遥遥无期，时间久了我看不见东西。一个医生对我父亲说，随着时间拖延，病变已经侵犯角膜基质伴有角膜白斑，要尽早做手术。父亲发火了，说，谁不想早点做手术呢，是你们一次次把角膜让给别人了！医生说，每年角膜盲患者众多，但角膜捐献者很少。父亲就去找医院领导，希望一次次落空后，他很长时间不说话。有一天他醉醺醺地回家，见到母亲就哭了，他说他要将自己的一片角膜移植给我，但遭多家医院拒绝。"我说了，我瞎掉一只眼没什么，剩下一只还能看见东西呢。他们说这方法是绝对不行的，给活人摘取角膜是不被允许的。我说，那你们到底想要干什么？你们压根就没想过要给我孩子做角膜移植手术是不是?! 医生说，作为眼科大夫谁也不愿看着任何一个病人变成瞎子，但是他们不能犯法啊。操他妈的，这分明是逼着我去死啊！我死了明亮就有角膜供体了！"父亲吼起来。

其后的日子，父亲总是喝酒，他怪自己没能耐，眼睁睁看着我视力下降，辍学在家。他不甘心。午休时间一到，还去市里打探消息，但多数时候被医院看大门的拦住。有人提示他，你应该给送礼才行嘛。他就买了酒，四处打听医院领导住处，竟没有一个敢收，因为角膜太稀缺了。最后父亲不知从哪里打听到，说角膜移植要求取自死后数小时内摘取的眼球，主要源自本地处决的死刑犯。他就四处去看法院布告。那个年代，法院还经常会在人民广场公开审判犯人，对重刑犯当场宣判

"判处死刑、立即执行"。每逢那个日子，父亲就向食堂请假，倒不是他要候在城西断头岭刑场去抢犯人的眼睛，而是犯人家属这时候也会候在那里。他们有的拉着板车，有的雇了拖拉机。父亲就央求这些人，但没有一个搭理他。更何况，临到押送犯人的军用卡车一进刑场，所有人都被拦在警戒线外，家属同样不能近前……

被迫无奈，父亲托人带他去监狱。因为他打听到，角膜"捐与不捐"均须征得犯人生前同意。如果有重刑犯出于灵魂救赎的愿望，将角膜指定捐给谁，那么在捐献者与接受角膜患者之间，就不会有看不见的手伸进去掠夺。可惜他在监狱、医院重症监护室，还有其他说不出名堂的地方奔波数年，一无所获。这期间，我完全看不见了，他的心慢慢死了。可是等我逐渐长大，父母又开始担心了。"一个瞎子，以后怎么谈女朋友，怎么找工作？一转眼，就长得比我们高了，不能再当小病孩养着。"我听到父母背着我商量。

一次父亲从外面回来，兴奋地说："明亮，我去医院打听了，你的号还一直挂在总名单上呢，应该快了，快了。""是吗？太好了！"我跟着高兴起来。一家人兴奋过后，父亲却没有再提这事。我通过父母的只言片语推测，这一回他们遇到的困难更多的是源于钱。因为医院的手术费用水涨船高了。可不是吗，我的眼睛出事那年是二十世纪七十年代末，一转眼，改革开放都快十年了。我猜测改革后的医院变了，也要挣钱了。但不管怎么说，筹钱总要比等不来角膜供体更容易接受一些。父亲安慰我："明亮，不要气馁，只要轮到你去，不管多少钱爸都给你去筹，就是卖血卖房子我也要筹到。"

手术是在一九九〇年做的。

那年春天，有一个之前预约做角膜移植的老太太不知因何放弃了手术，医院把机会让给了我。得到消息我们连夜住进医院。第二天上午，我的身体经过检查，一切正常，医生把我的眉毛刮了，睫毛剪了。父亲为了筹集手术费，那个晚上都在外面跑，也不知他跑了多少路求了多少亲戚，关键一刻他背着一个胀鼓鼓的帆布包冲进了医院。

交过钱，签过字，我被父亲推到了手术室门口。

"明亮，手术时你一定要挺住啊!"我感到父亲握着我的手在颤抖。我说："阿爸，我会的。"父亲喃喃自语："那年我给你去派出所改了个好名字，可改对了，等你醒来，你就真的明亮了……"我的手背上滑过几滴滚烫的水珠，同时，手术室的门开了。

"下一位，李明亮! 李明亮到了吗?"

"到了! 到了到了!!"

不一会儿，手术室里除了医生，就剩我一个人了。

局部麻醉时，我的面部打了针。手术过程，我的面部覆盖上了一层冰凉的东西。我听到额头上方有铁器发出轻微的碰撞声，突然，眼皮就被扩眼器撑开了，恐怖的感觉让我有些窒息。好在过了一会儿，医生用手术刀在我眼睛上，轻轻地割开什么的时候，我已经感觉不到疼……

一个星期后，父母牵着我的手去医院拆线，缝住我上下眼皮的线松开后，来自浩瀚宇宙的光亮重新将我照拂，我看到一道白色缓缓地拉开了，有光涌进身体，一束一束，柔和的，洁白的……它们逐渐变得绚烂。那时候，我很想哭。对于一个在黑暗中苦苦挣扎很久很久的人，以前的世界只剩了一种颜色：黑色。现在，移植进我眼睛里的角膜，让我再次见到了光和色彩：我看到整个世界在为我改变，太阳在为我升起，植物在为我变绿，许多物体在运动着，也有的静止，有的是球状的，也有立方体的，我多么想哭。可是，并没有眼泪流出来。

"明亮，明亮——，我们在这里呢！"

我转动头，也转动着眼珠，我在寻找他们。我朝有人喊我名字的方向张望，那呼唤声是我熟悉的。可我愣怔了。真实世界于我，因为两片小小的角膜，变得如此具体、近在咫尺，我却不敢去认亲爱的父母了。他们不是记忆中的模样。我遭遇横祸那年，他们三十来岁还算是青年，他们老得太快了，我有些迟疑。他们就将泪流满面的脸凑得更近些，唯恐我看不清：现在，父亲的头发灰白了，脸大了一倍，像个肉球，而母亲又瘦又黑，脸上有很多皱纹。

父亲像个孩子那样说着："这一回可盼来光明了。这一回可盼来光明了。"

紧接着，我们回到家中（家，仿佛一夜间变得陈旧、杂乱了），开始新的生活。我这才发现，世界并没有因为我重新看见发生本质改变。此时家里因为我这个重见光明的手术，已欠下两万多块钱的债。对于我们家，这是一笔巨债……偏偏这时工厂面临倒闭，连着几个月连工资都发不出来了。为了还债，我必须走出家门，跟着父亲去学技术、打零工。

我跟着父亲做过厨师、送过煤气罐、当过建筑工人，也跟母亲收过废品、做过保洁员、摆过地摊。对于父母这个年纪的中年人，像我这般没有技能的青年人，想要多挣钱就只能靠出卖力气和做小本生意。我还记得在工地搬运水泥，晴天一身灰雨天一身泥，腰部背部劳损，眼睛差点又出问题。送煤气罐，三轮车上绑了八个，街角转弯时为了避让行人，车翻在地，其中一个煤气罐滚到一处开始漏气，发出吱吱的响声，吓得路人尖叫着逃避。我也吓傻了。幸好父亲出现了，他让我跑开，自己却扑过去关上了煤气阀。

我们干累活、脏活，日夜奔波，无非为了存钱。等存了一定数额，父母就拿去还债。几年后，父亲成了正式下岗工人，拿到了一笔买断工龄的补偿金（母亲是临时工，没有这笔钱），这笔钱足以让我们家在城郊租下一间店面。我们三人各有分工，父亲炒菜，母亲洗碗、打杂，我做服务员兼采购。我们家的债务压力有所减轻，就是从开饭店开始的。凭父亲的厨艺，应付快餐小炒绰绰有余；加上他诚实和善，愿与人交好，回头客多了生意就稳定了。

我至今认为，我能活下来，活到今天，第一个要感谢的是我的父母——他们的养育之恩，自强不息的精神，激励我要更加努力地活下去；第二个要感谢的是捐献给我角膜的人，如果没他捐献角膜，我将永远在黑暗中摸索。关于这个人的情况，我知之甚少，只在父亲还健在时（父亲是在饭店开成后第六个年头意外去世的），听他讲过我的角膜是从汤溪医院送来的。从那时起，我就想将来有一天，一定要去寻找他的家人表达我的谢意。但那时候一家人每天为生活忙碌，我自然不便为这件事分心。

事实上，我现在也没有发财，不过是将父亲留给我的饭店开得更像样一点了。我不像父亲亲自下厨，我雇了四个员工，自己总算能抽出时间来做这件事情了。在合适时候，我把想法跟母亲说了。母亲说："去一趟也好，省得心里有个结，老念叨。但是明亮啊，你悄悄地给完钱就回来，不要去问死去的人生前情况，结痂的伤疤揭开了，更疼！"我明白母亲的意思，她难免跟很多人一样被传言影响，潜意识里把捐角膜的人跟死刑犯联系在一起。

我说："妈，你放心，我知道怎么做。"

我选择一个晴天，从金华汽车南站出发。中巴车上都是讲汤溪话的人，看样子大多是在城里务工的，说话时个个高声大嗓：你说在什么厂做什么工多少钱一个月，他说在什么店卖什么东西老板一年挣几十万。偶尔，开车的也会加进来，说他一个朋友买了一辆名牌轿车，光上个牌照就花了十万，尾号带三个"8"呢。站车门口吆喝人上车的呢，是个妇女，粗粗壮壮的，用汤溪口音喊着："汤溪、汤溪嘞！九点十五，准时开！"

这不是愉快的旅程。从金华到汤溪，年轻人侃侃而谈，中年人吞云吐雾，小孩子晕车呕吐。一小时四十五分钟后，当我从车内逃命似的下来，面对的是一派更为嘈杂喧闹的景象：摆饮食摊的，开摩托车的，拉三轮的，卖水果的，都大声嚷嚷着。

"兄弟，去哪里咧？"一个戴鸭舌帽的家伙跟着我。

"汤溪医院离这远吗？"我问。

"汤溪就屁股那么大，远不了。"他示意我坐上一辆摩托车。刚坐稳，车体就突突抖动起来。车开出去两三里地远，停下了。"汤溪有两个医院，一个是县级的，一个是乡级的。你要去哪个？"

"啊？去县级的吧。"

他掉头，驶进一条巷子，出了巷子发现医院就在车站对面，但他收了我五里路的钱。

这就是汤溪。

我心情郁闷地走进医院，问过的几位医生都对我摇头。我一层一层地询问上去，找到院长，才安排人带我走了。那是个面色苍白的中年人，通过他，我得知一九九〇年只有一位器官捐献者，叫陈军，山乡乡吴村人。家属签字栏摁着很重的手指印。角膜由金华哪家医院取走也对上了。但是我想了解更多信息，他态度突然变差，问我究竟想调查什么？我只好出了医院。

时间已是中午，我吃过拉面，问清去山乡怎么走。不一会来到"西门头"，不长草的泥地上聚集着很多人。有一个理着过去年代类似知青发型的人立在站牌下，我问他车几点钟来，去山乡多远。他说跟着他就行了。我们攀谈起来。他告诉我，进山公路目前只通到学岭村。

我问起陈军的事，他显得吃惊："你认得？！"我不得不重复刚才在医院说过的话，我是角膜捐献受益者。他一副不知从何说起的样子。我心里有些发怵，担心陈军真是个杀人犯。正胡思乱想，他说："你说的陈军，说起来，我们一块长大的呢！"我望着他，心里盘算着陈军父母要是不在了，就不进山了。

"陈军当年死的时候，好像是一九八九，或者一九九〇。"他缓缓地说。

"是一九九〇。"我确定。

"一九八几年，记不太清了，大山里发生了火灾……"

"哦，陈军是在火灾中……"

"不。是他哥哥陈光！"

"那他父母……还都在吧？"

"他从小没妈，爹带大的。"

"他爹怎么样？"

"阿昆伯身体倒还硬朗的。"

我心安些了，说："你等我一下，我去买点东西。"等提着一袋麦乳精、一盒人参蜂王浆回来时，车来了。这是一辆浑身泥浆、由农用车改造的载客车。人群骚动起来，他招呼我："兄弟，快上车吧。迟了就进不了山了。"

乡村公路没有铺柏油，非常颠簸，农用车行驶在砂石铺就的路面上，车身哐哐当当抖动，有时候轮胎遇到坑洼，车上乘客一阵尖叫，摔成一堆。好在车过中戴乡，人下去一半，车过山乡乡政府驻地祝村后，人就基本下光了。接着，车绕上水库一侧的盘山公路，四十分钟后，公路断了，我们不得不下车步行。

"你叫什么？"

"李明亮。"

"我叫陈集乂。"说着，他指给我看，"你知道吗，那些山，差一点全部烧掉了。"

"为什么？"

"不说了嘛，陈军的哥哥就是为扑灭山火死的啊！"

"可我的角膜，是陈军的……"

"他哥哥叫陈光，那次山火烧起来后，咱刚才路过的学岭村、和尚村，还有其他村子都行动起来了。可灭不了火啊！树木太茂盛了，天气又干燥，如果任由它烧，能烧十天半个月。那时候水库边的公路还没修进来，消防车进不来。进来了也派不上用场，还得靠人海战术。主要方法是：在大火烧到某座山之前，大伙自山脚到山顶一起砍树，清理出一条隔火带……"

"他哥哥也去了吧？"

"是的。陈光是我们村的护林员。这工作在平时主

237

要是上山巡逻，制止有人偷树。这工作不好搞，狡猾的护林员会收受贿赂，铁面无私的护林员会成为砍树者的公敌。可陈光就不同了，他称不上聪明，甚至有点傻。说起这个，我插几句题外话：从血缘上讲，陈光、陈军不是亲兄弟；阿昆伯两个儿子都是他捡来的。阿昆伯是个剃头匠，到了吴村你就见到了。他自己也是孤儿，解放前流落到吴村，是一个大户人家收留了他。据说陈军是在一天早上被捡到的，阿昆伯打开房门发现地上有个包着蓝花布的篮子，打开看里面躺着一个婴儿。有人说是阿昆伯在外面理发时跟某个妇女生的，这话不能信。陈光呢，是他在汤溪镇外捡的，就咱等车那地方。捡回来时五六岁了。因为这孩子趴垃圾堆里找吃的，被阿昆伯看见了。陈光的脑子大概在讨饭时被人打坏了，不是很灵光，只认死理。但是这样的脑子，做护林员再好不过了。他每天像更夫准时起床，拿喇叭宣传有关林业政策，他可不管你是谁，遇上皇帝老子破坏林业，他也要把你拿下。这样一来，我们村的护林工作在全乡是做得最好的。可是那一年春节，井下村有人上坟烧香起火了。井下村——喏，你看见前面那些山了吗?"

这里的山延绵不断，我和这位认识不久的青年在幽谷里行走，时而两山壁立一水中流，时而山谷开阔像喇叭口，出现大片农田。我嗯嗯地应着，看到远处的山上树林明显矮了，稀了，有的地方还裸露着泥土。

"山火烧了一天，火势很快蔓延开来。井下村的人一边组织人上山，一边派人向邻村求助。吴村人都去了。陈光起了带头作用。那种情况下，只有几百人一起行动，迅速砍出隔火带才能让山火终止燃烧。砍隔火带要有技巧，左手边的树往左侧倒，右手边的树往右侧倒。可是，突然刮起的狂风让山火燃烧的速度加快了，大伙只得手持树枝与山火面对面地战斗，以减缓它前进的速度。一天一夜后山火虽然被扑灭了，可是临到返程才发现陈光不见了。原来山火攻势减弱之后，他一个人去了山顶上灭火。你知道，山高的地方是不长树的，但是草甸要是被忽略的话，火苗照样会蔓延到山的另一边去。唉！当我们找到他，火已经烧到山顶的草甸上，火被他扑灭了。可是他，倒在了一堆灰烬上……"

这么说着，我们已经路过井下村。他刚才提及的被山火烧过的山，大片大片地出现在视野。按照他的说法，那次大火将几座山烧成焦炭，至今没有恢复元气。大火烧死了陈光，也改变了他弟弟陈军的人生，因为陈军接了陈光的班。说起为什么要这样做，陈集义分析：第一，当然是出于兄弟情深，陈光的牺牲给了陈军很大打击——别看陈光从小被人当傻瓜，作为哥哥他却格外照顾陈军，有人欺负陈军，他都要去找人打回来——陈军为了纪念哥哥，决定继承哥哥遗志；第二，陈军是以更长远的眼光，看到了森林防火需要更科学的管理。

在这之前，陈军是吴村小学的代课老师，他教数学。他的理想是考上师范学校，以便顺利转正。可自接过哥哥的担子，他的业余时间就都用在了森林防火上。在他看来，在林中清理防火道、种植防火林，是重中之重。他通过试种木荷、苦槠、杨梅、油茶等树种，发现它们具有很好的抗火、难燃的特点，他就组织几个要好的青年开始在村里推广种植。据陈集义说，当年他就是参与种植防火林的成员之一，该经验在全乡得到了推广。在陈集义的指点下，我还真的看到了当年他们种下的防火林，就像一条条彩带镶在针叶林间。然而，由于陈军在护林工作上牵扯了过多精力耽误了复习，他最终没能考上师范学校。那几年又恰好遇上教育改革，代课老师不能再续聘，陈军就这样成了全职护林员。既然如此，他一不做二不休，干脆成立了一支活跃于山区的消防队。他们当年所做的事情，不仅救火，也做其他事情，比如山洪暴发时的紧急救险。附近村子都有青年参加。

听了以上这些，我有些惭愧起来。我可能在黑暗中生活得太久了，眼睛明亮了，心灵却没有跟着亮起来。这么多年来，我一直默认捐献角膜的人是个死刑犯，偶尔想到我正通过一双死刑犯的眼睛看世界，会不安起来。

"由于他们的努力，山乡有很多年没闹山火，不管哪个村只要遇到急事，比如深夜有人喝了农药、胃出血、患急症，需要人手抬去水库外医治，一个口信，一个电话，消防队员们就会赶去……"他还在讲着。

为了掩饰内心的猥琐，我落在了他的后头，不敢接话。不多久，在几根电线杆的尽头，我看到了一个古老村庄的轮廓，他的话题才跟着变了，向我介绍起吴村的历史来。当我们走进村，行走在一条石头铺成的街巷，我看到不断有乡亲跟陈集乂打招呼，并且打量我。我发现一个现象：这里人衣着都较随便，但是头发理得齐齐整整，胡子刮得干干净净，连老太太的头发显然也修剪过的。事实上，到井下村时我就发现山里人都很讲究头发。

突感尴尬的是，这一路上我都没想过住宿问题，进村后才想到，如贸然地去找陈军的老父亲家住宿，势必会对老人家造成很大打搅。而天已经暗下来。我支支吾吾地问，吴村开有旅店吗？陈集乂说，小山村哪来的旅店，住他家就行。见我犹豫，又说，不要说你是跟我一块进山的，就是半夜有陌生人敲门，山里人也会起来煮饭烧水，腾出房间给客人住。

也只能这样了。到了陈集义家，不用说，他父亲的头发也是理得清清爽爽的，正所谓"三面光"。寒暄之后，陈集义母亲去了厨房。不一会儿，一盘小葱炒土鸡蛋、一碗烂菘菜滚豆腐就端上来了。他父亲从屋角酒坛里舀了一碗老酒。说起此次我进山的目的，老人家放下酒碗，严肃道："难得你这个后生有这份感念！我们山里人呀，都以为陈军捐献了器官，被忘得光光了呢。"我的脸一阵发烫，慌忙解释：这些年，我是一直想感谢捐献给我角膜的人的，苦于开店忙碌一直未能成行；今天没想到，在汤溪医院一问就问到了，我就进山了。

"我跟你说呀！这世上很难见到陈光那么心思单纯的人，陈军那么乐于助人的人。这两兄弟没得说，是我们吴村的骄傲。至于他们的爹阿昆更是菩萨心肠，整个山乡的人都敬佩他。今天他给人理一天发，一定睡了。你明天再去找。"

"嗯，我正想问呢，您的头发也是老人家理的吧?"

"嗯哪。村里人基本是阿昆理的发。他欠了很多债，就用理发来还。"大概看我一副懵懂的样子，他继续说，"你可能还不清楚我们山里的情况，做人做事都按着老一套。你应该听说过许多年前，每逢麦子收割季节，总会有外乡人到乡村赊镰刀的事情吧?"

"嗯哪。"

"现在我们山里每年还有人来赊镰刀、砍刀、菜刀、锄头、铁锅之类的。跟平原上赊镰刀的做法不同，我们这里是实打实地留出检验铁器质量的时间，如果使用半年出问题绝不收钱，使用一年不出问题才会按全价收。赊铁器的、用铁器的，相互信任很重要。陈军出事那年，情况也是这样。阿昆挨家挨户去借钱，不管借多少他都收着。他没办法呀！村里人呢，有人听说是陈军生病急需用钱，把刚卖了猪的款子都给了他，这时没人去想阿昆借了这么多钱将来怎么来还，想的都是把人救活要紧。尽管陈军在汤溪医院住了很长时间，最终还是走了。阿昆一时半会没有能力还清债务，却没有一个人为借出去的钱后悔过。我们都知道，陈军的病是累出来的。这孩子自从做了护林员就忙个不停，成立消防队后，夜里都会有人来找。他是带头人，往往一出去就是抬担架。吃饭也是，他家没女人做饭，饥一顿饱一顿的，长此以往胃肠都出了问题。那一年连下暴雨，洪水成灾，他连着几天没得休息，洪水退去后他倒下了。后来就查出了肝腹水，还有其他病。都不好治。"

　　"爹，陈军成立消防队那几年，我还在家呢，我也都参加了的。"陈集义邀功道。

　　"陈军是坚决不医治，因为教书没有存下多少钱。可阿昆一定要救他，逼着他去看医生。阿昆把一辈子做剃头匠的存款都拿出来了，还是不够。拖了一阵子，陈军的肚子越来越大，力气越来越小，最后死在汤溪医院……他爹就开始了还债。大家都知道他困难，有的明确说，借你救孩子的钱不要还了。但是阿昆死活要还。他没有现金来源，就给债主理发来还。"

"原来这样。我终于明白山里人为什么都理着差不多的发型。"

"嘿，这发型的确有点落伍，不过我们倒都以理老式发型为荣呢。"陈集乂说。

第二天，我起了个大早，陈集乂已经在房门口等着我。一碗白米粥、几样腌咸菜匆匆下肚，我们来到街上。"咱早一点去，要不然他就出门去理发了。"陈集乂催促我。刚一拐过街角，我就看到有一户人家的门敞开着，一个老农坐在一把锈迹斑斑的理发椅上。不用说，站在老农背后手拿推子的人就是陈军的养父阿昆了。他一丝不苟地理发，并未抬头看我们。陈集乂示意我坐在一条小矮凳上。

一眼就可以看出，老人家手上功夫了得，虽然使的是老式推子，但是推进速度很快。又快又利落，一畦齐刷刷的发楂就像刀削斧斫而成。我认得这种老式发型，叫游泳头，就是领导标准照的那种发型。刮脸呢，不用刀片，用折叠剃刀。用之前往刀布上篦三个回合。簌簌簌，能清晰地听见胡须被剃刀刮断的声音。突然，他抬头见到我，停下手头的活，说："啊，这位小兄弟，怠慢了，你是跟陈集乂一块来的吧？"

"阿昆伯伯，是啊！他叫李明亮……"陈集乂帮我回答。

我站起来，傻傻地笑着，算是打过招呼。

"你们昨天回来的吧？"老人家继续给老农刮脸，一边问。

"嗯哪！我是专门回来理发的。"陈集乂说。

"哎！上回就说了，不用专门回来，你要在啤酒厂安心工作。"

"嘿嘿，那当然了。不过，我也有一个月没回来看我爹妈了！"

"你小子变孝顺了嘛。"说着话，经过推、剪、洗、刮，老农的游泳头大功告成。

趁着陈军爹去翻墙上的账本，拿一支拴着绳子的圆珠笔画"正"之际，说不上为什么，我一阵冲动，几乎本能地抢先一步，坐上了那张空出来的理发椅。

陈集乂说："明亮，让我先来……我要在理发时，那个，介绍一下你的情况……"

"嘿，当然客人先理！客人不嫌我理得老式，是瞧得起我。"陈军爹轰走陈集乂，然后问，"小兄弟，眼下各种样式林林总总，可我只会几样。我看你之前理的是三七开，很适合你脸形，我就给你修得短一点好了。"说着，他用梳子给我梳头，梳好了，用梳子扯住我头发，另一只手拿剪子，沿着梳子，咔嚓，咔嚓，咔嚓，声音脆亮，动作麻利。

我突然想起，在我失去光明的日子，由于出门不便，都是父亲用他的刮胡刀将我的头刮成光头。虽然这两人理发工序不同，但是那种长辈站在身后，用他们布满老茧的手触及我头皮的感觉何其相似。尤其陈军爹给我洗头时，当年父亲给我洗发的记忆复活了。

"小兄弟，是有肥皂水进你眼睛了？"从放脸盆的长条凳坐回理发椅，他可能从镜中看到我在眨眼睛。"来，拿毛巾擦一下吧。"随后他从我背后转到跟前，将毛巾递给我，我看到他慈祥的目光，那苍老的，却是干干净净的脸。一种欲哭不能的感觉让我难受。

我的眼睛自从手术后就成了枯水眼，这时候，却有一种想流泪的冲动。为了掩饰内心的波动，我接过毛巾擦了一把。那一刻，我多么想说，我是陈军的角膜捐赠受益者。我是透过陈军的角膜看到这个日新月异的世界的。可我说不出口了。

我的窘迫，显然被陈集义看到了，他从矮凳上站起来，说："阿昆伯伯，我跟你说，这个朋友是我在汤溪西门头遇到的。有一件事，我还没跟你说……"

我再也无法克制，鬼使神差一般，从理发椅上滑了下来，扑通一声就跪下了。"大伯！我，我是您儿子陈军的角膜捐献受益者，我看到的光，是您儿子陈军赐予的啊。"

"啊？！……"他显然受了轻微惊吓，不安地说，"起来！你先起来！"

他把我拉起来。

我起来了。

他问陈集乂："你这位朋友，刚才怎么说？金华口音，我听得少……"

陈集乂可能也被我刚才的一跪吓着了，吞吞吐吐道："阿昆伯伯，是的。他就是当年陈军……陈军捐出角膜后……他的眼睛做了手术，才看见的……"

"啊，啊……我那可怜的孩子啊！"老人一下扔掉手中的剪子，将那双长满老茧的手捧住了我的面颊，我分不清是他的手在颤抖，还是我的脸部出现痉挛，时间停顿的片刻，我的内心流淌暖意，又深感歉疚。他等这一天，一定等了很久……

"咳，咳，太好了。我说呢，第一眼就看着亲切。孩子，孩子？……你看到爹了吗？"

他那双饱经风霜的眼睛，充满关切、喜悦，还似乎要透过我的眼睛，看到角膜那一头的——陈军。我看着他的激动与隐忍，想到我眼睛里的角膜，隔着的是生与死，我的泪水就涌了出来。没错，我的一度干涸了的眼睛又流泪了。可我不想让眼前的老人看见我眼里有泪，那样他就看不清角膜另一头的儿子了。我站起，从小矮凳旁拿起麦乳精和人参蜂王浆递给他。

"哎呀！你这孩子，你能带着陈军的眼睛回来，我很感谢你。"

我摸了摸口袋，还有一千元钱，包在一个信封里，我掏了出来……

"不，孩子！万万使不得啊！"老人家就像遇到了手榴弹，连连推辞，后退，"礼物我收下，钱你收回去。使不得……"

陈集义帮着我劝说，希望他把信封收下。他态度坚决：这是他孩子生前留下的遗愿，这不是买卖。"我收下你的钱，他不答应的！"他把信封强行塞进我口袋，一下子把我摁回理发椅，继续理发。

可能为了消除一番推让后突然安静下来的尴尬吧，老人家跟我讲起了一些过往的事情。他说他理发快五十年了。附近村子很多人从小到大，都是他理的发，所以没有人比他更清楚谁的头大谁的头小，谁后脑勺上长有疤瘌。剃头的有句行话，刮胡怕刮连鬓胡，剃头怕剃疙瘌头，但谁来了都得整饬利落了再走。他说他是外来户，十多岁那年从兰溪流浪到山里来的。地主陈大斤看他柔柔弱弱的，不适合当长工，就派他去汤溪学理发，计划学成归来后让他在村里开个理发铺，顺便也能给他一大家子人服务。可是三年后，他回到吴村就解放了。作为无产者，村里分了土地和这间屋给他。这间屋以前是陈大斤家的厨房。这以后，他也参加集体劳动，但主要靠理发这门手艺活到今天。二十七岁时他有过短暂的婚姻，女人也是苦出身，可是在生孩子时生不下来，死在了抬去公社卫生院的路上……

　　他的讲述平静，不急不缓，被语言浓缩的几十年光阴，就像静静流淌的溪水，清澈、明净，发出细碎的光。我和陈集乂就像坐在溪畔的古树下默默地听着，偶尔溪流遇到险滩，翻滚起飞浪，旋即，溪水在横卧与堆叠的巨石下潺潺而流。他特别提到，他自幼无爹无娘，是个没有姓氏的人，在得到陈大斤收留前到处讨生活，平原人都叫他阿混。他也不知从什么时候起，发现山里人都叫他阿昆了。念于自己从小尝尽人间疾苦又被人收养的经历，他决定收养同样没爹没娘的陈光、陈军。关于这两个孩子的姓氏，是他擅作主张让他们跟了吴村人口最多的姓，他希望他们以后能成为真正的吴村人，融入大集体……

离开时，我没有再提给钱的事，怕执意拿出一千元钱作为所谓的感谢金，只会玷污陈军的人品。可是回到城里，想起陈军爹已苍老，想到他收养的两个孩子，一个死于救火一个死于绝症，这位倔强的老人坚持还债，我那双一度不会流泪的眼睛，就会汩汩地涌出泪来。可我又想不出怎么样来帮助他。直到有一天，我与母亲商量，母亲的一番话让我顿悟。我能做的可能不是如何资助陈军爹多少钱，他不会要的，而是怎么让那些借钱给他的乡亲，他们的善良能得到回报，那才是他的心愿。

因此，我把父亲留下来的饭店交给了妻子管理，我自己则在农贸市场租下摊位，卖起了以吴村为中心的山区人出产的山货。这一决定，让我走上了人生另外一条道路。

我没有统计过，经我手售出去多少笋干、茶叶、土鸡、土鸡蛋、土猪肉、茶油、杨梅、苦槠豆腐……可以肯定的是，这些产自大山里的农产品，通过我搭建的平台都顺利地卖给了城市居民，并大获好评。其中最重要的成果，是通过一次次采购与销售，给了山里人养殖、种植的信心和热情。他们来到金华，很容易在农贸市场找到我，我乐意为他们售卖他们运来的东西，也乐意为他们办理一些力所能及的其他事情。对于我来说，我最大的愿望，是希望那些愿意借钱给陈军爹为陈军治病的乡亲，他们的日子过得更宽裕一些。哪怕市场上某类农产品过剩，我也会按照合同价去收购。有一次，已经成为我的生意伙伴的陈集义劝我："这次市场上毛芋已经跌到几毛钱一斤，村民们种的就让他们喂猪吧。"我说："他们是因为签过合同才种了这么多的，我们得讲信用，就像陈军爹借钱。"他再没有说过类似的话。

是的，我不会忘记，我今天能看见光、这色彩，看到天空和大地，都是因为有陈军的角膜捐献。尽管，我售卖山货的生意起起落落，没有挣到多少钱，但是日积月累也有利润，至少没有赔钱。这就够了。随着这几年山里人出钱出力，乡亲们已经把公路修到吴村村口，我一次次来往于金华与吴村，一转眼，也快坚持了十年。这期间，我的头发也都是陈军爹给我理的。每次去，我都要劝他早日退休，没有还清的债由我来还好了。他不同意。只是，在他七十四岁后体力明显不如从前，他已经不能继续挑"剃头挑子"去别的村庄理发，只能守在店里等着"债主"上门了。他也接受了电推子、电须刀、热水器，那是我给他买的。

"明亮啊，难得你一次次来看我，照顾我生意，你还给山里人卖山里东西。如果陈军能够感知，他一定会为自己的角膜捐献给一个好人而欣慰的。想想当时他治病需要很多钱，没有钱医院不给治，我只能摸黑回村里向乡亲们求助啊。可我，有可能坚持不到还清那一天了。稻老一夜人老一年，人总要死的。虽然他们说，不要还了不要还了，可我不能这么做啊……"

无奈衰老是人无法回避的规律，有一次他给我理发时手一抖，电推子吱的一声咬进了我头皮。看到我痛苦的模样，他终于答应我，等他实在理不动了，没有还清的债务将由我来还。我暗自高兴：一是我不想看到他再为债务牵累，他该退休了；二是他终于认可，我也是他的一个孩子了。之后，他请人郑重地写下一纸文书，内容涉及：有一天他不在了，他的房屋、地基、承包山上的树等，交给村委会；假如还有没还清的债，将由我——李明亮代还；他屋里留下的家具等，都交由李明亮处理。文书上写着的，差不多是他的遗嘱。

可是现在，离这位老人答应我退休，又两个年头过去了，他并未停止给乡亲们理发。我不知道我理解得是否对，许多借钱给陈军爹为陈军治病的乡亲，他们愿意年复一年把头发交给陈军爹来理，是用这样的方式向陈军和陈军爹致敬。他们之间看似不可理解的守信方式，在我看来已经践行为一种怀念英雄的默契。但是老人家毕竟年纪大了，我还是想把他接到金华城里来住，这样才有可能让他真正歇下来，安享晚年。

那天，我终于下定决心去接他。等到农贸市场一打样，我就开车去学校，接上儿子就出发了。想着晚上到吴村住一宿，第二天一早把老人家接出山。

我儿子也说，不能让山里爷爷一个人守在山里了。他一路都在计划，怎么陪山里爷爷去双龙洞玩，再带他去剧院看婺剧。

我儿子陈继亮九岁了。每次进山，都跟山里爷爷玩得很好。也只有跟孩童在一起时，才能看到老人家脸上露出少见的笑。所以每次见我没带孩子去，就要说，怎么没带继亮来呢。他省吃俭用，却总给我孩子准备着一些吃的，野山栗、红薯干、小鱼干、腊野猪肉……

这一次，车过汤溪天就黑了，我开了车灯。继亮趴在车窗上往外看，也不知什么触动了他，突然问："老爸，为什么我会有两个爷爷呢？"

"有两个爷爷不好吗？"

"奶奶说，山里爷爷不是我的真爷爷。因为我问奶奶，山里爷爷为什么不姓李……"

"嗨！这事，由我来跟你说吧……"

我不得不从我七岁那年放学路上，眼睛被氨水严重烧伤说起。尽管很多往事，他应该从奶奶那里听说过。实话说，自从小日子过得平顺以后，我就很害怕去回顾那段在黑暗中摸索的生活。然而，似乎也没必要再去避讳什么了。接下来的旅程，我告诉孩子，那时我跟他一